rowohlt repertoire
macht Bücher wieder zugänglich,
die bislang vergriffen waren.

Freuen Sie sich auf besondere Entdeckungen
und das Wiedersehen mit Lieblingsbüchern.

Alle **rowohlt repertoire** Titel finden Sie auf
www.rowohlt.de/repertoire

Rechtschreibung und Redaktionsstand dieses Buches
entsprechen einer früher lieferbaren Ausgabe.

Veröffentlicht im Rowohlt Verlag, Reinbek bei Hamburg

Umschlaggestaltung Anzinger und Rasp, München
Druck und Bindung CPI buchbücher.de, Birkbach

ISBN 978-3-688-10025-5

rowohlt repertoire

ro
ro
ro

Angela Waidmann

Liebesspuk an Halloween

Rowohlt Taschenbuch Verlag

Für Roswitha Schwab

2. Auflage September 2006

Originalausgabe
Veröffentlicht im Rowohlt Taschenbuch Verlag,
Reinbek bei Hamburg, Oktober 2006

Lektorat Christiane Steen
Umschlagillustration und Reihengestaltung Birgit Schössow
Satz Minion PostScript, InDesign,
bei KCS GmbH, Buchholz bei Hamburg
Druck und Bindung Clausen & Bosse, Leck
Printed in Germany
ISBN 13: 978 3 499 21369 4
ISBN 10: 3 499 21369 9

1
Die Stimme aus dem Jenseits

Es ist wirklich eine Nacht zum Fürchten: Draußen zieht ein Unwetter auf; es kommt immer näher, am Horizont zucken schon die ersten Blitze, und in der Ferne grollt drohend der Donner.

Doch nicht nur *über* uns braut sich so richtig was zusammen. Ich sitze mit meinen Freundinnen Luisa, Valerie und Connie um den runden Tisch in unserem Wohnzimmer.

Und unsere Spannung steigt.

Denn gleich werden wir unseren ersten Geist beschwören.

Alles ist bereit. Vier Kerzen brennen. Die Buchstaben des Alphabets und die Zahlen von null bis neun liegen in einem wohl geordneten Kreis vor uns auf dem Tisch.

Und genau in ihrer Mitte steht ein einsames Glas.

Ein ganz normales Glas.

Eigentlich.

Doch gleich wird Luisa es hochheben, sie wird hineinhauchen und es danach mit der Öffnung nach unten zurück an seinen Platz stellen. Dann wird jede von uns vieren ihren rechten Zeigefinger ganz leicht auf den Boden dieses Glases legen, und gemeinsam werden wir flüstern: *«Geist, o Geist, wenn du bei uns im Raume bist, dann bitte melde dich!»*

Mit einem bisschen Glück, wenn nämlich wirklich ein Geist anwesend ist, wird das Glas sich bewegen, langsam zuerst, dann immer schneller. Schließlich wird es von Buchstabe zu Buchstabe fahren, und die Buchstaben werden Wörter bilden, und so wird der Geist die Fragen beantworten, die wir ihm stellen.

Voll krass, oder? Gläserrücken ist das Abgefahrenste überhaupt.

Das behauptet jedenfalls Lea. Die ist auch in meiner Klasse und eine echte Horrorlady, total verrückt auf alles, was mit Zauberei und Gespenstern zu tun hat. Neuerdings soll sie sogar ihr Zimmer in eine Art Spukschloss verwandelt haben. Angeblich erhellt nur ein einziges rötliches Licht den abgedunkelten Raum, durch den kreuz und quer schwarze Tücher gespannt sind. An den Wänden hängen unheimliche Bilder, geheimnisvolle Prophezeiungen und die Plakate der neuesten Horrorfilme. Ganz hinten, in einer Ecke, baumelt ein Skelett.

Ein echtes!

So hat es mir Luisa erzählt, meine allerbeste Freundin aus unserer Viererclique. Und sie muss es wissen, schließlich wohnt sie mit Lea in der gleichen Straße.

Okay, so weit wie bei unserer Horrorlady wird es mit uns schon nicht kommen. Aber ausprobieren wollten wir das Gläserrücken schon lange einmal, erst recht, seit Lea uns gesteckt hat, dass die Geister, die sie rief, ihr die Themen unserer Klassenarbeiten verraten. Im Voraus, versteht sich. Die Trefferquote liegt angeblich bei erschreckenden 90 Prozent!

Es muss wohl was Wahres dran sein, denn Lea hat sich im letzten Jahr in Englisch um eine ganze Note verbessert und in Französisch und Deutsch immerhin um eine halbe. Nur in Mathe balanciert sie nach wie vor hart am Abgrund.

«Kein Wunder», meint Luisa dazu. «Im Rechnen hat die Arme so wenig Talent, dass ihr nicht mal der Geist von Einstein persönlich helfen könnte.»

Doch immerhin haben die Voraussagen aus dem Jenseits unsere Lea vor dem Sitzenbleiben bewahrt. Und das will bei ihr echt was heißen.

Es ist also klar: Gläserrücken kann nicht schaden, Gläserrücken kann nur nützen. Und heute haben wir endlich freie Bahn, denn meine Erzeugerfraktion ist ausgeflogen, und vor Mitternacht ist mit ihrer Rückkehr garantiert nicht zu rechnen.

Wir sinken also gespannt auf unsere Stühle, und …

Rums! Draußen kracht so heftig der Donner, dass wir erschrocken zusammenzucken. Grell leuchtet der Blitz, und das Licht geht aus. Nur noch vier blakende Kerzen erhellen jetzt unsere bleichen Gesichter.

«Auch gut», meint Luisa. «Das ist genau die richtige Atmosphäre, um einen Geist zu rufen.»

Feierlich ergreift sie das Beschwörungsglas.

Huiii! Plötzlich fegt ein so heftiger Wind ums Haus, dass die alte Trauerweide, die direkt neben unserem Wohnzimmer steht, sich ächzend und knarrend biegt und wie panisch mit ihren dünnen Ästen gegen das Fenster trommelt.

Huuuh, wie unheimlich! Mit großen Augen starren wir uns an.

«Was hat das zu bedeuten?», fragt Connie unsicher.

«Ich fürchte, der Baum will uns warnen», flüstert Valerie.

«Wovor?», überlegt Luisa.

Ich klammere meine feuchten Hände um die Stuhllehnen. Jetzt muss ich mir ganz schnell was einfallen lassen, sonst platzt die Sache noch! Also hole ich tief Luft und erkläre: «Unsinn. Bei Sturm macht unsere Trauerweide das immer.»

Okay, das ist ein bisschen übertrieben. Aber in den dreizehn Jahren meines jungen Lebens ist es mindestens schon zweimal passiert.

Meine Freundinnen atmen auf, das erkenne ich trotz des schummerigen Kerzenlichts.

«Okay, sollen wir anfangen?», fragt Luisa und sieht prüfend in die Runde. Als niemand etwas sagt, hebt sie betont langsam das Beschwörungsglas, haucht hinein und stellt es vorsichtig mit dem Boden nach oben in den Kreis der Buchstaben und Zahlen zurück. Feierlich legen wir vier die Zeigefinger unserer rechten Hand darauf.

«Geist», flüstern wir. «O Geist, wenn du bei uns im Raume bist, dann bitte melde dich!»

Es wird unheimlich still in unserer Runde. Steif sitzen wir da und starren auf das ominöse Glas. Im schwachen Licht der zuckenden Kerzenflammen scheinen unsere Hände aus bleichem Wachs zu bestehen.

Doch nichts geschieht. Nur der alte Baum klopft immer noch drängend gegen unser Fenster.

«Geist!», sagt Luisa lauter. «O Geist, wenn du bei uns im Raume bist, dann bitte melde dich!»

Wir warten, doch das Glas rührt sich immer noch nicht. Langsam beginnt es in meinem rechten Arm zu kribbeln.

Also, entweder es ist kein Geist da, oder er hat keine Lust.

«Verdammt nochmal, Gespenst, wenn du nicht mitmachen willst, dann schick doch jemand anderen», knurrt Luisa und zieht ihren Finger weg.

«Nimm dich bitte zusammen», ermahnt sie Connie. «Was soll der Geist denn von uns denken, wenn du so einen Ton anschlägst? Der lässt sich ganz bestimmt nicht zwingen, schon gar nicht von uns.»

Auch ich werfe Luisa einen mahnenden Blick zu.

«Lea hat gesagt, dass es bei ihr immer klappt», versichert Valerie.

«Daaaa!», kreischt Connie. *«Es hat sich bewegt!»*

Schnell schaue ich wieder zu dem Beschwörungsglas.

Es steht noch immer in der Mitte der Buchstaben, jetzt aber zwei, vielleicht auch drei Zentimeter links von der Mitte. Na fein, das ist doch immerhin ein Anfang!

Vorsichtshalber nimmt sich Luisa das Glas, haucht noch einmal hinein und stellt es wieder hin. Dann legen wir erneut unsere Zeigefinger darauf. Und plötzlich fährt es mindestens zehn Zentimeter über den Tisch, eindeutig in Richtung des H! Dann gleitet es weiter und schreibt zuerst langsam, dann immer schneller: HALLO.

«Ich fasse es nicht!», keucht Valerie.

Beim O bleibt das Glas abwartend stehen.

«Hallo», antwortet Luisa heiser.

Wieder donnert es, laut und heftig und so plötzlich, dass wir zusammenzucken, das Glas umkippt und klingelnd auf den Rand des Tisches zu rollt. Im letzten Moment fange ich es auf und stelle es behutsam in die Mitte zurück.

«Jetzt ist sicher die Verbindung unterbrochen», jammert Valerie.

Alarmiert sehen wir uns an.

«Besser, wir hauchen noch einmal hinein», überlegt Luisa und nimmt sich das Glas. Als es wieder auf dem Tisch steht, gehen wir erneut in Position.

«Geist, o Geist, wenn du immer noch im Raume bist, dann bitte melde dich!», rufen wir im Chor.

Und warten.

Aber nur ein paar Sekunden. Dann fährt das Glas zwei, drei Zentimeter zur Seite.

«Na also», seufze ich erleichtert.

«Okay», meint Luisa. «Es geht weiter.» Dann fragt sie: «Geist, o Geist, sag uns bitte, wie du heißt!»

«Das reimt sich ja», stellt Valerie fest.

Das Glas fährt wieder los, zuerst zum F, dann zum E, und schließlich schreibt es: F-E-L-I-C-I-T-A-S.

«Hallo, Felicitas», flüstert meine allerbeste Freundin beeindruckt. «Bitte sag uns, wer du bist!»

Wir warten, doch das Glas bewegt sich nicht.

«Du hast falsch gefragt», meint Connie. Dann sagt sie lauter: «Felicitas, sag uns, wer du *einst gewesen bist.*»

Tatsächlich, das Glas bewegt sich! Es fährt zum P, dann zum R und zum I und buchstabiert in schneller Folge: P-R-I-N-Z-E-S-S-I-N!

«Das darf ja wohl nicht wahr sein!», entfährt es mir.

Da schreibt der Geist mit eiserner Beharrlichkeit: DOCH!

Draußen pfeift immer noch der Wind ums Haus, die ersten Regentropfen prasseln jetzt aufs Dach, und der Baum klopft weiter verzweifelt gegen unser Fenster. Doch bei uns ist es mucksmäuschenstill. Die Zeigefinger auf das geheimnisvolle Glas gelegt, sehen wir uns mit großen Augen an.

«Wie bist du zu einem Gespenst geworden?», fragt Luisa.

Prinzessin Felicitas schreibt nur ein Wort: LIEBE.

«Oh, bestimmt hat sie sich in einen Bürgerlichen verknallt!», seufzt Valerie.

JA, erklärt der Geist.

«Und ihr Vater hat sie verflucht», haucht Connie.

Diesmal fährt Prinzessin Felicitas nur bis zum J, dann bleibt das Beschwörungsglas abwartend stehen.

«Du Arme!», meint Connie. «Und was ist aus deinem Geliebten geworden?»

In schneller Folge buchstabiert Prinzessin Felicitas: HIMMEL.

«Das ist ungerecht!», protestiert Luisa «Warum dürft ihr denn nicht wenigstens gemeinsam spuken?»

Diesmal bleibt uns der Geist eine Antwort schuldig. Stattdessen fährt das Beschwörungsglas unentschlossen zum X, dann zur Drei. Doch dann nimmt es wieder Fahrt auf und schreibt: LUISA LIEBT JAN!

«Hä?», entfährt es Valerie.

Meine allerliebste Freundin wird knallrot im Gesicht, denn Prinzessin Felicitas hat Recht. Erst vor ein paar Tagen hat Luisa mir gesteckt, dass sie bis über beide Ohren in Jan, den Fußball-Crack aus der neunten Klasse, verknallt ist. Aber darüber habe ich mit niemandem gesprochen, Ehrenwort!

Connie, die alte Klatschtante, fühlt sich trotzdem berufen, Valerie aufzuklären: «Der Geist meint nicht Jan Hölder aus unserer Klasse, sondern den Fußball-Jan aus der Neun. Hast du nicht gemerkt, dass Luisa ihn neuerdings total anhimmelt? Das sieht doch jeder Blinde!»

«Ach so, echt?», meint Valerie ehrlich überrascht.

Inzwischen ist Luisas Gesichtsfarbe mit «Rot» gar nicht mehr zu beschreiben. Sie wirft Connie einen wütenden Blick zu.

Das Glas unter unseren Fingern bewegt sich wieder und schreibt das Wort BLINDSCHLEICHE!

«Humor hat sie auch», stelle ich fest.

Luisa ist bestimmt heilfroh, dass sie nicht mehr von uns angestarrt wird, und fragt schnell: «Über wen aus unserer Runde weißt du denn noch Bescheid, was die Liebe angeht?»

Das Beschwörungsglas überlegt nicht lange. Es macht sich nicht mal die Mühe, von Buchstabe zu Buchstabe zu fahren. Stattdessen gleitet es zuerst langsam, dann immer schneller auf mich zu.

O Schreck!

Meine Freundinnen schauen mich an, als wäre plötzlich *ich* das Gespenst. Aber ich hebe abwehrend die linke Hand. «Also, ich weiß überhaupt nicht, was das hier eigentlich soll. Ich bin nicht verknallt, ich war noch nie verknallt (Was leider, leider der Wahrheit entspricht), und weit und breit ist auch niemand in Sicht, in den ich mich verknallen könnte.»

«Na komm», meint Connie. «Du bist wirklich hübsch: schlank wie eine Elfe, lange braune Haare, dunkle Augen ...»

«Und die Jungs liegen dir reihenweise zu Füßen», fügt Valerie hinzu.

«Ach was», knurre ich. «Bis jetzt war der Richtige jedenfalls noch nicht dabei.»

«Das kann sich morgen schon ändern», erklärt Luisa zuversichtlich. Dann sagt sie, an das Glas gewandt: «In wen wird sich Laura denn zum ersten Mal verlieben?»

Huiiii!, macht der Wind. Und während die Äste unserer guten, alten Trauerweide immer noch aufgeregt gegen das Fenster schlagen, schreibt Prinzessin Felicitas langsam, aber deutlich das Wort: VAMPIR.

Unsere Finger zucken von dem Beschwörungsglas zurück, als wäre es plötzlich glühend heiß geworden. Es kippt um, kullert über den Tisch, fällt zu Boden und zerspringt klirrend auf dem Parkett.

Wir starren uns an, schockiert und schweigend.

Draußen zuckt der Blitz, gleich darauf kracht der Donner, und langsam habe ich das Gefühl, dass von nun an nichts mehr so sein wird, wie es einmal war …

«Was soll das denn gewesen sein?» Luisa ist die Erste, die wieder etwas sagt.

Betreten zuckt Valerie die Schultern. «Eine Geisterbeschwörung, oder nicht?»

«Dann hat das Gespenst nicht alle Tassen im Schrank», knurrt meine allerbeste Freundin.

«Vorsicht!», flüstert Connie. «Prinzessin Felicitas ist bestimmt noch im Raum.»

Luisa verschränkt trotzig die Arme vor der Brust. «Meinetwegen kann sie das ruhig hören.»

«Sie wollte bestimmt nur einen Spaß machen», meint Valerie. «Sinn für Humor hat sie ja.»

«Klar doch, schließlich gibt es keine Vampire», stellt Luisa fest.

«Also, wenn wir eben wirklich mit einem Geist gesprochen haben, dann gibt es bestimmt auch Vampire», überlegt Connie. «Und wer außer einem Geist könnte das Glas denn gelenkt haben?»

«Am besten, wir fangen nochmal mit der Beschwörung an und fragen Prinzessin Felicitas, wie sie das eben gemeint hat», schlägt Luisa vor und steht auf, um ein neues Glas aus der Küche zu holen.

Auweia, bloß das nicht! Wer weiß, was diese Gespensterlady noch alles über mich loslässt?

«Und was ist, wenn sich diesmal gar nicht ‹unser› Geist meldet, sondern irgendein Dämon oder so?», fragt Connie. Ihre Stimme klingt verängstigt.

Auch Valerie sieht nicht besonders glücklich aus. «Äh, ich glaube, das mit dem Beschwören hat jetzt eh keinen Zweck mehr», sagt sie zu meiner unendlichen Erleichterung. «In einer Viertelstunde ist es elf Uhr. Dann kommt mein Vater, um Connie und mich abzuholen. Und vorher müssen wir noch die Scherben aufsammeln, die Chips wegpacken und so weiter.»

Luisa überlegt kurz, dann seufzt sie. «Okay, du hast Recht. Also, wann haben wir wieder mal Zeit zum Gläserrücken?»

Am besten nie wieder, denke ich. Aber ich sage nichts. Die anderen sollen mich ja auf keinen Fall für feige halten. Und damit niemand merkt, wie aufgeregt ich bin, verschwinde ich in der Küche, um Handbesen und Kehrschaufel zu holen.

«Nächsten Samstag kann ich nicht, da feiern Tante Frieda und Onkel Hubert nämlich goldene Hochzeit», erklärt Valerie, als ich wieder da bin.

«Und ich hab meiner kleinen Schwester versprochen, dann mit ihr ins Kino zu gehen», fügt Connie hinzu.

«Am Freitag vorher hat mein Bruder Geburtstag, und

ich hab ihm versprochen, etwas für ihn und seine Freunde zu kochen», meint Luisa. «Und am Wochenende drauf ist schon Halloween. Freitagabend ist ja die große Party auf der Klingenberger Burg, und samstags sind wir bestimmt alle platt.»

Es klingelt an der Haustür.

«Oh, kommt da schon mein Papa?», fragt Valerie. In vorwurfsvollem Ton fügt sie hinzu: «Der ist aber mindestens fünf Minuten zu früh.»

«Also gut», meint Connie. «Wir können ja nach Halloween nochmal drüber reden.»

Ich bin heilfroh, dass das Thema bis auf Weiteres vom Tisch ist. Eilig gehe ich durch den langen Flur zum Hauseingang.

Zum Glück, das sehe ich durch den gläsernen Teil unserer Tür, hat der Mann da draußen wegen des fehlenden Lichtes der Straßenlaternen eine Taschenlampe mitgenommen. Seiner Größe und den blonden Haare nach ist es zweifellos Valeries Papa und nicht …

Also, für einen kurzen Moment hab ich wirklich Angst gehabt, es könnte …

Unsinn, Laura, beruhige dich! Du musst über die Sache mit der Geisterbeschwörung erst mal in Ruhe nachdenken. Bestimmt wirst du dann zu der Erkenntnis kommen, dass alles nur halb so schlimm ist, wie es dir im Moment erscheint.

Endlich ist das Gewitter vorbei. Nur der Wind pfeift immer noch um unser Haus, und der Regen prasselt mit ungebremster Heftigkeit auf das Dach. Doch drinnen bei uns ist es still. Meine Eltern sind immer noch nicht wieder zu Hause, aber wenigstens schläft Luisa bei mir.

Weil wir immer noch keinen Strom haben, ist uns nichts Besseres eingefallen, als sofort ins Bett zu gehen. Über die Sache mit dem Vampir haben wir nicht mehr gesprochen.

Das war mir auch recht so. Ich möchte nämlich wirklich erst mal selbst darüber nachdenken.

Jetzt liege ich in meinem dunklen Zimmer, und Luisa schläft auf dem Sofa mir gegenüber. Von ihr hab ich seit mindestens einer halben Stunde nichts mehr gehört, doch ich starre immer noch in die Dunkelheit, horche auf den Wind und den Regen, und meine Gedanken kreisen und winden sich in meinem Kopf. Sie drehen sich nur um eines: um die unheimliche, rätselhafte Voraussage, um den *Vampir*.

Was ist, wenn sie keinen Spaß gemacht hat, diese geheimnisvolle Prinzessin Felicitas? Was ist, wenn ich mich tatsächlich ...?

Das mit Luisa und Fußball-Jan stimmte ja auch!

O weh! Mein Herz beginnt zu rasen, ich kralle die Hände in meine Bettdecke und starre mit aufgerissenen Augen in die Dunkelheit.

Es dauert lange, sehr lange, bis mein Puls wieder mit normalem Tempo schlägt. Irgendwann drehe ich mich auf die Seite, ziehe die Decke noch fester um meinen Körper und denke: Also, Laura, dieses Rätsel wirst du diese Nacht eh nicht mehr lösen können. Warte doch einfach mal ab. Was auch immer kommen mag, es wird so schlimm schon nicht werden.

Mann, bin ich vielleicht müde.

Knarr ... knarr ... knarr.

Huch, das klingt ja wie Schritte auf unserer Treppe. Dabei ist die Wohnung vollkommen leer!

Meine Eltern können es nicht sein, definitiv nicht. Dann hätte ich doch gehört, wie sie die Tür geöffnet hätten. Die quietscht nämlich neuerdings erbärmlich.

Mir stellen sich die Nackenhaare auf. Langsam öffne ich die Augen.

Die Straßenlaternen scheinen plötzlich wieder Strom zu haben, denn durch die Ritzen in meinen Jalousien dringt schwaches Licht. Undeutlich erhellt es mein Zimmer und verwandelt das alte Schaukelpferd in der Ecke, den großen Stoffbären im Regal und die Jacke am Kleiderständer in fremde, unheimliche Wesen.

Knarr ... knarr ... knarr.

Da schleicht wirklich jemand die Treppe hoch! Ich presse die Faust vor meinen Mund, um nicht zu schreien.

Knarr ... knarr ... knarr.

Jetzt hat der Eindringling die Diele erreicht. Langsam, aber sicher kommt er näher.

Unkontrolliert beginne ich zu zittern.

Knarr.

Wer immer da draußen ist, er bleibt stehen, direkt vor meinem Zimmer. O Gott, was soll ich nur tun?

Geräuschlos, quälend langsam, öffnet sich die Tür, und aus dem Zwielicht schält sich ein dunkler Schatten. Er ist groß und eigenartig breit, fast so, als trüge er einen weiten Mantel oder einen Umhang.

Ich werde steif vor Schrecken, kann nicht einmal mehr zittern.

Albtraumhaft langsam kommt das unheimliche Wesen näher. Seine Augen leuchten phosphorgelb. Es hat keine Haare auf dem Kopf, dafür aber eine krumme Nase und große Hände. Am Ende seiner langen Finger biegen sich seine spitzen Nägel fast wie Krallen. Und zwischen seinen schmalen Lippen blitzen deutlich sichtbar zwei scharfe Fangzähne hervor. Geräuschlos wallt der Umhang um seinen mageren Körper.

Jetzt ist es neben mir und beugt sich über mich.

Nein, o nein, nicht mit mir! Ich schiebe mich von der Gestalt weg, doch seine Fratze folgt mir gnadenlos. Verzweifelt drehe ich mich zur Wand, aber der schreckliche Kerl packt meinen Oberarm und reißt mich herum.

Ich schreie um mein Leben, während sich die dolchscharfen Zähne meiner Kehle nähern. Der schmale Mund öffnet sich, genüsslich fährt die dünne Zunge über seine Lippen, und die nadelspitzen Zähne blitzen.

Na, so was, der Kerl riecht ja nach Alkohol!

Jetzt schüttelt er mich, so heftig, dass mir Hören und Sehen vergeht.

«Menschenskind, Laura, werd doch endlich wach!», ruft er dabei mit heiserer Stimme. Es ist eindeutig die Stimme meines Vaters, auch wenn sie ein bisschen rauer klingt als sonst.

Ja, gibt's denn das? Ich reiße die Augen auf und starre in helles Lampenlicht. Da steht er, Nicolas Fiore, zweifellos mein Vater, obwohl er momentan eine recht weinselige Aura hat.

«Papa!», rufe ich aus, schlinge meine Arme um seinen Hals und beginne hemmungslos zu schluchzen.

«Ist schon gut, mein armes Kind. Du hast nur schlecht geträumt», murmelt er. Und während ich heule und heule, streichelt er mir liebevoll über den Rücken.

Irgendwann ist bei mir aber doch das Schlimmste vorbei, und ich wische mir mit dem Ärmel meines Schlafanzugs die Tränen aus dem Gesicht.

«Oje, das muss ja ein furchtbarer Albtraum gewesen sein», höre ich Mamas Stimme. Über Papas Schulter hinweg sieht sie mich mitleidig an.

Okay, jetzt wird mir die Sache doch langsam peinlich. Zu allem Unglück ist auch noch Luisa wach geworden. Sie gähnt, dann knarrt das Sofa, und ihr verschlafenes Gesicht taucht neben dem von meiner Mutter auf.

«Sie haben ja keine Ahnung, was hier los war», beginnt sie, doch als ich ihr einen warnenden Blick zuwerfe, kapiert sie sofort und hält den Mund.

Ahnungslos antwortet mein Vater: «Ja, das war wirklich ein heftiges Unwetter. Beim Heimweg lagen auf unserer Straße jede Menge abgerissener Äste. Sogar ein Baum war umgekippt. Glücklicherweise war er auf eine Wiese gefallen und nicht auf unseren Weg.»

Hinter ihm fängt Mama an zu grinsen. «Du, ich wette, den vieren war's trotzdem nicht unheimlich genug. Die haben sich bestimmt auch noch Gruselgeschichten erzählt.»

Okay, das kommt der Sache ziemlich nahe. Ich nicke nur, lasse mich wieder in meine Kissen sinken und ziehe mir die Decke bis zum Kinn.

«Wie wär's, wenn ihr jetzt weiterschlaft?», meint meine Mutter. «Wir sind jedenfalls hundemüde und möchten nur noch ins Bett.»

Luisa brummelt irgendwas Unverständliches und tappt zurück zu ihrem Sofa.

«Gute Nacht, ihr beiden», sagt Papa, dann gehen meine Eltern aus dem Zimmer und schalten das Licht aus.

Jetzt legt sich meine allerbeste Freundin wohl hin, denn es knarrt wieder. Sie gähnt noch einmal, dann meint sie: «He, du bist ja völlig fertig, du Arme. Was hast du denn bloß so Fürchterliches geträumt?»

Schon bei ihrer Frage stehen mir wieder die Haare zu Berge. Am liebsten würde ich einfach nicht weiter über den Traum nachdenken, und reden will ich schon gar nicht darüber.

«Rate mal», sage ich nur und hoffe inständig, dass sie jetzt an meine verpatzte Deutscharbeit denkt und nicht an …

Leider daneben. Zielsicher steuert sie die Frage aller Fragen an: «Sag bloß, dir ist dein Vampir erschienen?»

Ich antworte nicht, denn vor meinem inneren Auge sehe ich wieder den grässlichen Kerl mit den unheimlich leuchtenden Augen und den spitzen Zähnen auf mich zuschweben. Dann beugt er sich über mich …

Und ich fasse einen Entschluss: Ich werde mich nicht verlieben. Niemals, in meinem ganzen Leben nicht. Mit keinem Jungen werde ich ausgehen, nicht mal mit einem flirten. Überhaupt keinen Gedanken werde ich mehr an Jungs verschwenden. Denn lieber will ich eine vertrocknete alte Jungfer werden als die Freundin eines …

Vampirs.

2
Vorsicht, Vampir!

«Hallo, wie geht's?» Luisa hat vor dem Eingangstor unserer Schule auf mich gewartet. Wie nett von ihr! Normalerweise kommt sie doch immer viel später als ich.

Doch ich bin leider nicht in der Stimmung, mich allzu sehr darüber zu freuen. Also zucke ich nur stumm die Achseln. Wie soll's *mir* schon gehen?

Luisa weiß natürlich, was mich so runterzieht. «Du, ich glaube inzwischen auch, dass Prinzessin Felicitas dich nur zum Narren halten wollte», meint sie tröstend. «Sie hat bestimmt nicht damit gerechnet, dass du alles so ernst nimmst.»

«Hätte sie aber müssen», brumme ich.

«Okay, vielleicht», gibt meine allerbeste Freundin zu. «Aber mal ganz davon abgesehen: Sie hat nur gesagt, dass *du* dich in einen Vampir verlieben wirst. Was der Vampir über dich denkt, davon war nicht die Rede. Vielleicht will er dich ja gar nicht haben.»

«Die nehmen, was sie kriegen können. Schließlich brauchen die ständig frisches Blut», befürchte ich.

«Könnte sein», meint Luisa. «Aber wenigstens soll

Graf Dracula ein gut aussehender Mann gewesen sein. Vielleicht wird das Ganze ja total romantisch.»

Ich muss wieder an den grässlichen Kerl in meinem Traum denken. «Tagsüber sehen die bestimmt anders aus als nachts», überlege ich. «Gepflegt, ohne diese fiesen spitzen Zähne, wahrscheinlich richtig Vertrauen erweckend. Aber um Mitternacht, da zeigen sie ihr wahres Gesicht.»

«Tagsüber sehen die überhaupt nicht aus, tagsüber schlafen die», erklärt meine liebe Freundin. «Jeder Hauch von Sonnenlicht lässt sie auf der Stelle zu Asche zerfallen. Hast du das denn ganz vergessen? Darum verkriechen sie sich spätestens beim ersten Hahnenschrei in ihrem Sarg und klappen den Deckel zu.»

Aber ja, Luisa hat Recht! Das ist es! Ein Vampir kann mir nicht am Tage begegnen, das würde er nämlich nicht überleben. Er erscheint grundsätzlich nur bei Nacht.

Hurra! Mir ist also doch zu helfen. Ich werd mich halt nur in Jungs verknallen, die ich im Hellen treffe. Dann kann mir überhaupt nichts passieren.

Mir fällt ein riesiger Stein vom Herzen. Ade, du ödes Jungfrauendasein!

Schade nur, dass es jetzt, Mitte Oktober, schon so früh dunkel wird!

Wie immer, bevor der Unterricht beginnt, herrscht in unserer Klasse ein Geräuschpegel wie auf einem Bahnhof. Doch kaum hat unser Klassenlehrer, Herr Stokermann, den Raum betreten, da wird es mucksmäuschenstill.

Was nicht unbedingt an ihm liegt. Normalerweise muss er sich zuerst mit einem lauten «Guten Morgen» Gehör verschaffen, bevor wir einigermaßen Ruhe geben. Aber heute ist das anders. Heute ist nämlich ein Junge bei ihm. Er ist groß und wirkt total sportlich mit seinen breiten Schultern und seinen geschmeidigen Bewegungen. Seine Haare sind schulterlang und pechschwarz, und er hat große dunkle Augen.

Mann, sieht der gut aus!

«Das ist Vladimir, euer neuer Mitschüler», erklärt Herr Stokermann. «Er ist aus Frankfurt hierher nach Klingenberg gezogen.»

Mit einem leicht unsicheren Blick sieht der Junge in die Runde, und dann bleibt sein Blick an mir hängen.

Ja, er schaut eindeutig in die hintere linke Ecke des Klassenzimmers, genau dorthin, wo ich sitze. Ein paar Sekunden lang sehen seine faszinierenden dunklen Augen mich an …, und mein Herz schlägt einen Purzelbaum.

Dann bückt er sich, nimmt seine Schultasche auf und geht zu dem einzigen noch freien Platz in der vorderen rechten Ecke.

Ich beobachte ihn möglichst unauffällig. Wie er Stefan, seinen neuen Nachbarn, begrüßt. Und wie er sich mit einer fließenden, eleganten Bewegung auf seinen Stuhl setzt und sein kräftiges Kinn auf die rechte Hand stützt. Was für schöne, lange Finger er hat!

Ich bin heilfroh, dass jetzt Tag ist, und verschlinge ihn mit den Augen.

«Scheint echt sportlich zu sein, unser Neuer», bemerkt Valerie.

Es ist fünf vor eins, und wir hatten gerade Sport. Nun stehen wir ein wenig entfernt von den anderen in der Umkleidekabine und streifen unsere Sachen über.

Luisa nickt. «Wie er heute am Reck geturnt hat, das hatte echt was. Richtig elegant sah das aus.»

Auch ich hab ihn die ganze Zeit über beobachtet, klar doch!

«Er hat einen auffälligen Akzent», bemerke ich in möglichst gleichgültigem Ton. «Zum Beispiel rrrollt er so auffällig das Rrrr.»

Dann ziehe ich mir mein Sweatshirt über.

Eine von den dreien kichert leise. Ich bin froh, dass mein Kopf noch unter dem Shirt steckt und niemand sieht, wie ich rot werde.

«Ist doch klar», meint Luisa. «Er kommt ja auch aus Rumänien. Erst als Sechsjähriger ist er hierher nach

Deutschland gezogen. Darum ist er auch schon vierzehn, also ein Jahr älter als wir. Er musste nämlich das erste Schuljahr wiederholen, weil er noch kaum Deutsch konnte.»

Ich hab das Gefühl, als könnte ich es jetzt so langsam wieder wagen, mein hoffentlich blasser werdendes Gesicht durch den Kragen meines Sweatshirts zu schieben.

«Unsere Luisa weiß mal wieder alles», grinst Connie und fingert unter der Bank nach ihren Schuhen. «Sag mal, wie hast du denn das rausgekriegt?»

«Das hab ich von meinem großen Bruder», erklärt meine beste Freundin. «Der hat Vladimir nämlich gestern auf dem Fußballplatz kennen gelernt.» Sie hängt sich ihre Tasche über den Arm. «Wie ist es? Gehen wir los? Sonst verpassen wir noch den Bus und dürfen eine halbe Stunde länger Kohldampf schieben.»

Ich trotte hinter den anderen her und denke über das nach, was Luisa gerade erzählt hat.

Aha, aus Rumänien kommt er also, und vierzehn ist er auch schon. Darum hat er auf mich so ... so erwachsen gewirkt. O Mann, wie er heute geturnt hat! Ganz langsam ist er auf den Stufenbarren zugegangen, dann hat er die Stäbe gepackt, die Muskeln an seinen Oberarmen haben sich angespannt, und los ging's. So leicht, so elegant sah das aus, fast, als würde er fliegen. Ehrlich gesagt war ich froh, dass ich irgendwo zwischen den anderen Mädels in der Schlange stand. Ich hab nämlich weiche Knie gekriegt.

Könnte es sein, dass ich mich in ihn verliebt habe?

Ausgerechnet heute?

«Hallo, ist hier noch ein Platz frei?», fragt die weiche Stimme mit dem rollenden R.

Ich bekomme einen kleinen Schreck. Das gibt's doch nicht! Da sitze ich eine geschlagene Stunde im Eiscafé, nur um in Ruhe über *ihn* nachdenken zu können, und jetzt steht *er* plötzlich vor mir. Er fragt mich sogar, ob er neben mir sitzen darf, obwohl rundherum jede Menge Plätze frei sind.

Jetzt werd ich schon wieder rot im Gesicht, das spüre ich deutlich. Herrgott nochmal, was mach ich bloß?

Ich tu erst mal das Nächstliegende. «Aber natürlich», hauche ich, denn zu einem lauteren Statement bin ich im Moment nicht fähig.

Mit einer fließenden Bewegung setzt er sich neben mich, und ich bekomme eine Gänsehaut.

O Mann, seine Augen sind nicht nur dunkel, sie sind fast schwarz.

Da kommt schon die Kellnerin, prompt wie immer. «Hallo, was darf ich bringen?», fragt sie freundlich.

Vladimir schenkt ihr ein umwerfendes Lächeln. «Ich weiß noch nicht», sagt er.

Hach, sein Akzent klingt richtig süß!

«Muss erst mal die Karte studieren», fährt er fort. «Oder kannst du mir etwas empfehlen, Laura?»

Er kennt ja schon meinen Namen! Wie bin ich froh, dass ich schon rot im Gesicht bin. Sonst wäre ich es jetzt nämlich garantiert geworden.

Ich biete meine letzten inneren Kräfte auf, um nicht völlig durcheinander zu geraten. «Möchtest du was trinken oder lieber ein Eis essen?», bringe ich in erstaunlich gelassenem Ton heraus.

Die dunklen Augen sehen mich an. «Ein Eis wäre schön.»

«Also, ich mag hier am liebsten den Schokobecher mit Kokosflocken», erkläre ich.

Vladimir nickt der Kellnerin zu.

«Und mir einen Kakao, bitte. Ohne Sahne», sage ich. Eigentlich wollte ich ja gerade gehen. Bezahlt hab ich auch schon. Aber das ist mir jetzt egal.

«Gut, dass ich dich getroffen habe. Wenigstens kenne ich dich schon ein bisschen», meint er. Er ist auch ein wenig verlegen, das spüre ich deutlich. Kein Wunder, er ist ja total fremd hier.

«Klar», meine ich. «Wo wir doch ab jetzt Tag für Tag die gleichen Pauker ertragen müssen.»

Er lächelt mich an, und seine großen Augen strahlen. Seine Zähne sind regelmäßig und gerade.

Dann fällt mir auf, dass seine Augenbrauen in einer feinen Linie über der Nase zusammengewachsen sind. Das sieht richtig hübsch aus, und auch irgendwie besonders.

Mir wird schon wieder warm ums Herz.

Huch, warum starre ich ihn denn so blöde an? «Ääh, du kommst also aus Frankfurt?», frage ich schnell, um mich nicht zu blamieren.

«Ja», meint er. «Aber mein Vater hat hier bessere Bedingungen gefunden, um seinen Speditionsbetrieb zu erweitern. Seine Lkws fahren auf der Strecke Deutschland–Rumänien. In letzter Zeit hat er so viele Aufträge, dass er einfach mehr Lastwagen brauchte und damit auch mehr Platz. Hier sind die Grundstückspreise halt viel niedriger als in Frankfurt.»

Ich nicke nur, denn gerade bringt ihm die Kellnerin einen großen Becher Vanille- und Stracciatella-Eis mit viel Schokoladensoße, Sahne und einer Krönung aus Kokosraspeln. Mir stellt sie meinen Kakao hin.

«Davon werde ich ja zweimal satt», meint Vladimir. «Hilfst du mir ein bisschen beim Aufessen?»

«Oh, äh, nein danke», erkläre ich. Wenn der wüsste, dass ich gerade selber so ein Mordsding verdrückt habe, und zwar ganz alleine … Komisch, sonst hab ich immer was davon übrig lassen müssen oder mir den Becher von Anfang an mit Luisa geteilt. Aber heute hab ich ihn ganz alleine verschlungen und nicht mal gemerkt, wie viel ich gegessen habe. Ob das daran liegt, dass ich die ganze Zeit über nur an *ihn* gedacht habe?

Und jetzt sitzt er leibhaftig vor mir.

Vladimir probiert, schiebt gleich noch einen Löffel nach, lässt das Eis auf seiner Zunge zergehen und meint: «Hmm, ein echt guter Tipp, danke!»

Ich nicke nur, dann will ich wissen: «Und, wie gefällt's dir hier, so auf den ersten Blick?»

«Ist nicht schlecht. Schön hügelig, dann die Weinberge und der Wald und vor allem nicht so schrecklich viele Häuser und Menschen wie in Frankfurt. Ein bisschen erinnert mich das an die Karpaten, obwohl die natürlich viel höher sind als euer Spessart.»

Die Karpaten, aha. Ein Gebirge, soviel ich weiß. «Kommst du von da?», frage ich ihn.

«Mhm», meint Vladimir, der gerade auf ein paar Kokosraspeln herumkaut. Er schluckt sie herunter und fährt fort: «Aus Siebenbürgen, genau gesagt.»

Als er mein ratloses Gesicht sieht, lächelt er und meint: «Die Karpaten bilden eine Art Halbkreis von Westen nach Osten.» Während er redet, fährt seine linke Hand die Form des Gebirges in der Luft nach. «Im östlichen Karpatenbogen liegt meine Heimat Siebenbürgen.»

Heimat … Siebenbürgen … Wie er diese Worte ausspricht! Das klingt richtig liebevoll.

«Dort haben früher viele Deutsche gelebt», erzählt er. «Aber jetzt sind fast alle nach Deutschland ausgewandert, so wie wir halt auch.»

Ich hab ihm nur halb zugehört. Denn das Wort «Siebenbürgen» hab ich irgendwo schon mal gehört. Aber jetzt, so auf die Schnelle, will mir leider nicht einfallen, wo das gewesen sein könnte.

«Noch Heimweh?», will ich wissen.

Er wiegt den Kopf. «Ein bisschen. Ich war ja schon sechs, als wir dort fortgezogen sind, und kann mich an vieles noch gut erinnern. Aber mein Vater ist immer noch oft beruflich dort, und wir fahren jedes Jahr für ein paar Wochen dorthin in die Ferien. Es ist sehr, sehr schön da. Weißt du, Siebenbürgen gehört ja zu Rumänien, und das Land kommt mir manchmal so vor, als würde es gerade aus einem Dornröschenschlaf erwachen.»

Ich nicke wieder, denn ein bisschen haben wir darüber in der Schule gelernt. «Rumänien war doch früher mal kommunistisch und von einem ziemlich üblen Diktator beherrscht», erinnere ich mich. «Wie hieß er doch gleich? Schau... Schiau...»

«Ceauceşcu», berichtigt mich Vladimir. «Ja, das war ein furchtbarer Kerl. Aber jetzt, so fünfzehn, zwanzig Jahre nach seiner Hinrichtung, erholt sich das Land allmählich von seiner Gewaltherrschaft. Gute Straßen und schöne Hotels werden gebaut, und es kommen immer mehr Touristen, vor allem aus Deutschland und den Niederlanden. Auch die Wirtschaft kommt langsam wieder in Schwung. Darum hat die Spedition meines Vaters im Moment ja auch so viel zu tun.»

«Klingt gut», meine ich. Es muss echt interessant sein, so wie er zwischen zwei ganz verschiedenen Staaten groß zu werden.

Doch nun wechselt er das Thema. «Ach übrigens: Nenne mich doch bitte Vlad. Das machen nämlich alle, die mich ein bisschen näher kennen.» Dabei schenkt er mir schon wieder dieses umwerfende Lächeln.

Ich strahle zurück. «Klar, mach ich gerne.»

Da gehen draußen die Straßenlaternen an, und ich schaue schnell auf die Uhr. Huch, schon so spät? Und ich sitze hier und rede und rede. Dabei wollte ich doch schon seit einer halben Stunde bei Luisa sein!

Mit gerunzelter Stirn sieht Vlad mich an, und dabei bilden seine Augenbrauen eine durchgehende, zweimal geschwungene schwarze Linie. «Was ist los?», meint er.

«Ich bin mit Luisa verabredet und muss dringend weg», erkläre ich und winke der Bedienung.

«Schade», bedauert er. Dabei sieht er mich wieder so an mit seinen großen schwarzen Augen. Ein Glück, dass ich sitze! Meine Knie werden jetzt nämlich mindestens so weich wie der Rest des langsam schmelzenden Eises in Vladimirs Becher.

«Wie wär's, wenn wir uns mal wieder treffen?», meint er.

Jetzt ist es aus mit mir. Meine Hände zittern! Schnell nehme ich die Finger vom Tisch, damit er es bloß nicht merkt.

«Ja, warum nicht?», höre ich mich selber sagen.

«Prima», meint er. «Morgen kann ich nicht, weil ich dann Fußballtraining hab. Aber übermorgen, am Mittwoch, hätte ich Zeit. Sollen wir hier nochmal ein Eis essen? Und darf ich dich einladen?»

Oh, wie charmant!

Leider kommt jetzt die Bedienung und gibt uns die Rechnungen. Mein Kakao kostet zwei Euro. Ich werfe einen schnellen Blick in mein abgemagertes Portemonnaie. Uff, ich kann das Geld so gerade noch zusammenkratzen. Also zähle ich der Kellnerin vor: «Ein Euro, ein Euro fünfzig, ein Euro siebzig, eins neunzig und zweimal fünf Cent. Bitte sehr.»

Zum Glück will mich Vladimir ja einladen. Sonst hätte ich ihm definitiv absagen müssen, denn jetzt bin ich total pleite.

Die Kellnerin kassiert auch bei ihm, dann macht sie den Abflug. Ich stehe auf und ziehe mir die Jacke über. Dabei sehe ich aus den Augenwinkeln, wie er jede meiner Bewegungen mit seinen Blicken verfolgt. Und irgendwie genieße ich das voll.

Als ich fertig bin, antworte ich endlich auf seine Frage: «Übermorgen komm ich gerne. Wie wär's mit nachmittags gegen vier?»

Die Freude ist ihm so deutlich anzusehen, dass mein Herz noch einmal einen Hüpfer macht.

«Okay», meint er. Dann gibt er mir zum Abschied die Hand, seine große, warme Hand mit den langen, eleganten Fingern. Sein Händedruck ist kräftig und zupackend.

«Tschüs», flüstere ich, dann drehe ich mich um und gehe eilig, aber ein bisschen steif, aus dem Café. Hoffentlich merkt er nicht, dass ich immer noch weiche Knie habe!

Von draußen schaue ich noch einmal in den hell erleuchteten Raum hinein und winke ihm zu. Da steht er, groß, schlank und drahtig. Gerade bückt er sich nach seiner Jacke, und die langen dunklen Haare fallen ihm ins Gesicht. Dann schaut er auf und sieht mich. Er lächelt mir zu und hebt die Hand, und ich winke zurück.

Ach, Vladimir, du bist sooo süß! Ich glaub, ich hab mich heillos in dich verknallt.

Und weil diese Erkenntnis mich doch ein bisschen erschreckt, drehe ich mich um und gehe schnell weg.

Hinter der nächsten Kurve halte ich an, lehne mich an eine Straßenlaterne und fingere nach meinem Handy. Luisa macht sich bestimmt schon Sorgen. Was ist, wenn sie bei meinen Eltern angerufen hat? Dann ist meine geschätzte Erzeugerfraktion bestimmt total ausgerastet. Vielleicht rasen sie gerade völlig verstört mit ihren Autos durch Klingenberg, um mich zu suchen.

Ich wähle, und es tutet – einmal, zweimal, dreimal. Dann nimmt jemand den Hörer ab.

«Hallo, hier Buhleier.» Das ist Luisas Mutter.

«'n Abend», antworte ich. «Hier ist Laura. Ich wollte ja schon längst bei Ihnen sein, aber dann hab ich mich verquatscht und ... Na, auf jeden Fall steh ich jetzt vor der Bäckerei und bin in fünf, höchstens zehn Minuten vor Ihrer Tür. Ich hab Luisa nämlich gaaanz viel zu erzählen.»

«Okay», sagt deren Mama. «Ich werd's ihr ausrichten. Bis gleich!»

Ich schalte das Handy aus und atme tief durch. Buhleiers scheinen sich noch keine allzu großen Sorgen gemacht zu haben, zum Glück! Trotzdem irgendwie komisch: Sonst ruft Frau Buhleier ihre Luisa doch immer sofort ans Telefon, wenn ich dran bin. Sie klang auch so eigenartig. Hmmm ... Irgendwas stimmt da ganz und gar nicht. Ich sollte mich beeilen.

Also marschiere ich los. Nur noch schnell durch den Stadtpark, dann über den Marktplatz und in die zweite Straße links, dann bin ich da.

Jetzt stehe ich auch schon unter den ersten hohen Bäumen des Parks. Leise rauscht der Herbstwind in den Ästen über mir, geräuschlos schweben tote Herbstblätter zu Boden und sinken auf das Kopfsteinpflaster zu meinen Füßen. Hier ist es dunkler als auf der Straße: Die Laternen stehen in größeren Abständen, und ich hab das Gefühl, als würden sie auch schwächer leuchten.

Dunkelheit … O nein! Mir läuft ein eiskalter Schauer über den Rücken. Denn vor lauter Vladimir hatte ich ihn fast vergessen, den *Vampir*. Aber jetzt kommt die Erinnerung mit Macht zurück. Und mit ihr die Angst.

Vorsichtig schaue ich mich um. Weit und breit kein Mensch zu sehen. Uff!

Aber dann kann mir auch keiner helfen, wenn mich plötzlich aus dem Gebüsch so ein Blutsauger anspringt. Oder wenn er als riesige Fledermaus auf mich heruntersaust und seine spitzen Zähne in meinen Hals schlägt. Wahrscheinlich kann man hier nicht mal meine Schreie hören.

Ich gehe schneller.

Ein Windstoß fährt durch die Birken über mir und schickt einen Regen von kleinen gelben Blättern auf mich herab.

Ein Hund heult, weit entfernt.

Huch, was war das?

Ein Flattern, eindeutig! Im Gebüsch direkt vor mir. Auweia, was mach ich jetzt bloß?

Atemlos bleibe ich stehen und lausche auf das wilde Rascheln und Flügelschlagen, das immer lauter wird. Dann keckert es im Busch, plötzlich bricht ein wild kreischendes Etwas zwischen seinen Ästen hervor und kugelt wie ein zu groß geratener Handfeger vor mir über den Weg.

Erst als das eigenartige Gebilde auseinander bricht, erkenne ich, dass es zwei sich streitende Amseln sind. Gott sei Dank!

Okay, Laura, bleib gaaanz ruhig. Dieser blutrünstige Untote muss sich ja nicht ausgerechnet heute Abend an deine Fersen heften.

Ich werfe noch einen vorsichtigen Blick über die Schulter, dann gehe ich eilig weiter, in Richtung des Nymphenbrunnens.

Immer noch bin ich mutterseelenalleine. Dumpf hallen meine Fußtritte durch die Stille. Mich fröstelt, ich ziehe den Reißverschluss meines Anoraks höher und gehe noch schneller.

Das Wasser, das aus der Mitte des Brunnens sprudelt, glitzert im schwachen Licht der Laternen. Unwirklich zuckende Schatten tanzen auf den lachenden Gesichtern der vier Nymphen, die sich seit Urzeiten in dem eiskalten Wasser tummeln.

Eine von ihnen schaut mir direkt ins Gesicht. Mit kokettem Schwung fallen die langen Haare über ihren nackten Rücken. Ihre leeren Augen starren mich an. Der Mund ist zu einem lautlosen Lachen aufgerissen, und es sieht so aus, als würde sie sich mit ihrer dünnen Zunge über die vollen Lippen lecken.

Nun mach dich doch nicht verrückt, Laura! Die sieht schon seit einer halben Ewigkeit in genau diese Richtung, und mit Sicherheit hat sie sich die ganze Zeit über nicht ein einziges Mal bewegt.

Schon liegt die Fontäne hinter mir, ihr Plätschern wird leiser. Aber irgendwie hab ich das Gefühl, als würde jemand hinter dem Brunnen stehen und mich beobachten.

Ich wage nicht, mich umzuschauen. Ach, wenn ich doch wenigstens nicht so schrecklich alleine wäre!

Aber gleich habe ich's geschafft. Dort vorne ist schon die alte Kapelle, und dahinter liegt der Marktplatz. Da bin ich in Sicherheit.

Plötzlich flackert die Laterne vor mir, dann erlischt sie ganz. Jetzt kann ich so gut wie nichts mehr sehen.

Hilflos bleibe ich stehen und kralle meine Hände in die Rinde eines alten Baumes. Ängstlich schaue ich mich um.

Hilfe!!! Da kommt er! Geräuschlos schwebt er auf mich zu. Sein weiter Umhang weht im Wind.

Weg hier, nur weg! Ich fliehe in Panik, quer über die Wiese, durch einen Bach, über ein Blumenbeet; ich stolpere über einen Ast, falle auf die Knie, springe auf und renne, renne, renne …

An der Kapelle bleibe ich stehen, drücke mich ängstlich zwischen zwei alte Grabsteine und ringe nach Luft.

Nun fühle ich mich ein wenig sicherer. Von der Straße scheinen die Laternen hell zu mir herüber, und nur zwei, drei Meter entfernt spazieren jede Menge Leute vorbei. Hier wird mich das Ungeheuer wohl nicht …

Wo ist es denn bloß? Suchend recke ich mich.

Doch das Einzige, was ich sehe, ist ein Radfahrer, der vom Park her auf mich zukommt. Er fährt an mir vorbei, ohne mich auch nur eines Blickes zu würdigen.

Sein Trenchcoat ist offen und weht im Fahrtwind.

Das Vorderlicht brennt nicht.

Aha, ach so! Er war es also, der mich so furchtbar erschreckt hat. Und ich hab schon gedacht …

Erleichtert lasse ich den Kopf auf den kalten Marmor des Grabmals sinken, schließe die Augen und atme tief durch.

O Mann, Laura, was bist du für ein Angsthase, dass du dich von einem friedlichen Typen auf 'ner unbeleuchteten Alugurke derart in Furcht und Schrecken versetzen lässt!

Ich richte mich wieder auf, und dann erkenne ich, worauf mein müdes Haupt soeben geruht hat: auf einem marmornen Totenschädel!

Igitt! Entsetzt starre ich das grausige Gebilde an, dann drehe ich mich um und gehe ganz schnell weg.

Erst vor Luisas Haustür bleibe ich stehen und werfe einen Blick auf meine Armbanduhr.

Kaum zu glauben, von der Bäckerei bis hierher war ich nicht mal zehn Minuten unterwegs. Dabei hab ich das Gefühl, als wären Stunden vergangen, seit ich mich von Vladimir verabschiedet habe!

Ach, Vlad, ich kann es gar nicht erwarten, der lieben Luisa von dir zu erzählen.

Prüfend schaue ich an mir hinunter. Oje, wie ich aussehe! Meine Schuhe sind klatschnass, meine Jeans sind total verdreckt, und meine Jacke hat einen Riss.

Na gut, das kann ich jetzt auch nicht mehr ändern. Entschlossen drücke ich auf die Klingel.

Papa Buhleier öffnet. Komisch, eigentlich hab ich ja mit Luisa gerechnet. Wo die doch bestimmt auf mich gewartet hat.

«Hallo, Laura», sagt ihr Vater. Bilde ich mir das nur ein, oder hat der auch so ’nen komischen Ton drauf?

«’n Abend», begrüße ich ihn und schaue ihn fragend an.

«Sie ist in ihrem Zimmer im ersten Stock», erklärt er. Meinen erbärmlichen Zustand scheint er gar nicht zu bemerken. «Aber Vorsicht, da oben herrscht Grabesstimmung.»

«Ach je, warum denn?», frage ich verwundert und ziehe mir die matschigen Schuhe aus.

Papa Buhleier zuckt nur die Achseln. «Das fragst du sie am besten selbst. Aber Achtung: Erst vor ein paar Minuten hat sie mit einem Buch nach Oliver geworfen.»

Dann muss ihr wirklich was Schlimmes passiert sein. Wo sie sich sonst so gut mit ihrem Bruder versteht …

Mit schnellen Schritten gehe ich durch den Flur und dann die Wendeltreppe hinauf nach oben. Dabei denke ich fieberhaft nach.

Also, an der Schule kann's nicht liegen. Solange ich Luisa kenne, schwimmt sie in allen Fächern sicher in der oberen Mitte. In der Mathearbeit, die wir heute zurückgekriegt haben, hatte sie zum Beispiel eine lobenswerte Drei plus.

Ob sie sich mit Oliver verkracht hat? Und das so kurz vor seinem Geburtstag? Na toll!

Schon von weitem schallt mir aus Luisas Zimmer laute Rockmusik entgegen. Ich klopfe an, doch weil niemand etwas sagt (und wahrscheinlich auch keiner was gehört hat), öffne ich einen Spalt weit die Tür und stecke vorsichtig meinen Kopf hindurch.

Drinnen ist es fast dunkel. Nur hinten, an Luisas Bett, brennt das Nachtlicht. In den Kissen liegt meine allerliebste Freundin, das Gesicht in die Decke gedrückt. Ihre langen blonden Haare fallen wie ein Fächer darüber.

«Hallo, Luisa», schreie ich, so laut ich kann. Dann gehe ich hinein, vorsichtshalber leicht geduckt. Es ist ja immerhin möglich, dass auch mir gleich ein Buch um die Ohren fliegt.

Doch sie hebt nur langsam den Kopf. «Ach, du bist's», sagt sie, wie ich vermute. In dem Gedröhne muss ich die Worte nämlich von ihren Lippen ablesen.

Trotz des schwachen Lichtes erkenne ich die dicken dunklen Ringe unter ihren Augen. Ihre Wangen sind nass von Tränen.

«Kann ich die Musik leiser stellen?», brülle ich.

Keine Ahnung, ob sie was sagt, aber sie zuckt die Achseln und nickt. Also gehe ich zum CD-Player und drehe mit einer energischen Bewegung den Lautsprecher herunter. Dann gehe ich zu meiner armen Freundin und setze mich aufs Bett.

He, was hast du denn?, will ich sie eigentlich fragen.

Doch als ich ihre traurigen, vom Weinen verquollenen Augen aus der Nähe sehe, bleiben mir die Worte in der Kehle stecken.

Aber sie kommt auch so mit der Sprache raus. «Er hat sie geküsst», wimmert sie leise.

«Wer? Wen? Und überhaupt, warum?», entfährt es mir.

Luisas Stimme wird noch schwächer, und zittrig antwortet sie: «Na, Jan. *Der* Jan. Die Christiane aus seiner

Klasse. Du weißt schon, die Hexe mit den roten Haaren. Und warum? Ja, warum wohl? Weil er sie liebt, natürlich. Weil … er … sie … liebt.» Ihre letzte Worte verklingen in einem kaum noch verständlichen Schluchzen. Dann lässt sie ihren Kopf wieder auf das Kissen sinken und weint und weint.

Die Arme! Wie konnte dieser blöde Jan ihr nur so etwas antun?

Aber wahrscheinlich hat er gar keine Ahnung davon, dass sie in ihn verknallt ist.

Hilflos streichle ich der armen Luisa über die blonden Haare. Okay, sie sieht total hübsch und sympathisch aus mit ihren blitzenden braunen Augen und den lustigen Sommersprossen um ihre freche Stupsnase. Aber diese rothaarige Christiane ist auch nicht zu verachten, und sie hat der Luisa eines voraus: die totale Erfahrung mit Jungs nämlich. Schließlich ist sie fast zwei Jahre älter als wir, und ich bin mir sicher, dass sie schon ein paar Freunde verschlissen hat.

Jetzt bloß kein Wort von Vlad, das macht sie bestimmt noch trauriger.

Weil mir nichts Besseres einfällt, lege ich mich neben sie und nehme sie in den Arm, während der CD-Player auf das nächste Lied umschaltet, ausgerechnet auf einen echt wehmütigen Song.

Ach, wenn ich ihr doch nur helfen könnte!

«'n Morgen, Laura!», ruft Connie fröhlich, als sie ihren Kopf durch die Tür unseres Klassenzimmers steckt. Dann kommt sie herein, wie immer mit Valerie im Schlepptau.

Heute war ich wieder die Erste in unserer Klasse. Ich wohne nämlich in einem Dorf oberhalb von Klingenberg, und mein Bus fährt schon sehr früh los. Normalerweise stört mich das frühe Aufstehen wenig, aber heute ist das anders. Ich hab nämlich die halbe Nacht nicht geschlafen, weil ich immer an Vladimir denken musste. Heute Morgen kam ich natürlich kaum aus den Federn, und jetzt bin ich immer noch hundemüde, aber gleichzeitig überglücklich und total aufgeregt.

Nicht mehr lange, und ich werde *ihn* wiedersehen. Durch genau diese Tür dort vorne wird er kommen, er wird mich ansehen mit seinen schwarzen Augen, und dann wird er zu mir kommen, meine Hand nehmen …

«Was ist los mit dir?», fragt mich Valerie gut gelaunt und lässt sich auf ihren Platz vor mir sinken.

Ihre Tischnachbarin Connie bleibt vor mir stehen, stemmt die Arme in die Hüften, legt den Kopf schief und inspiziert mich neugierig. «Ich würde sagen, sie sieht besonders glücklich aus», stellt sie fest. «Die strahlt ja regelrecht von innen.»

«Na komm, Laura, raus mit der Sprache!», drängelt Valerie.

Okay, ich will ja gar nicht den Mund halten. Wo ich doch gestern noch nicht mal meiner allerbesten Freundin von IHM erzählen konnte. «Ratet mal, wen ich im *La Gondola* getroffen habe!», beginne ich, und sofort durchbohren mich zwei Augenpaare mit ihren Blicken.

«Hmm, den Fußball-Jan vielleicht?», fragt Valerie.

«Und? Hat er was über Luisa gesagt?», will Connie wissen.

«Leider daneben», antworte ich. Dass Luisa wegen Jan den allerschlimmsten Liebeskummer hat, mag ich ihnen nicht erzählen. Das soll meine Freundin ruhig selber machen, wenn sie das möchte. Stattdessen sage ich: «Es war viiieeel besser, ehrlich.»

Ratlos sehen sich die beiden an. «Keine Ahnung», seufzt Connie schließlich.

Und Valerie fügt ungeduldig hinzu: «Nun spann uns doch nicht so auf die Folter!»

«Gestern hab ich mit Vladimir Krestel ein Eis gegessen», erkläre ich strahlend.

«Na und?», fragt Valerie.

Connie grinst und stößt ihr mit dem Ellbogen in die Rippen. «Du Hasenhirn, hast du etwa noch nicht gemerkt, dass sie in ihn verknallt ist?»

Valerie fällt offensichtlich aus allen Wolken.

Connie wirft ihr einen vorwurfsvollen Blick zu. «Na hör mal! *Den* Verdacht hatte *ich* schon gestern beim Umziehen. Und heute strahlt unserer Laura nun wirklich die Liebe aus jedem Knopfloch.»

Plötzlich kommen mir die Gesichter der beiden ganz nahe. Connie beugt sich zu mir herunter, und Valerie lässt ihren Stuhl nach hinten kippen, bis die Rückenlehne an meinem Schreibtisch anstößt. Aufgeregt fragt sie mich: «Wie ist's denn so gelaufen?»

«Tja», beginne ich und mache eine kurze Pause, um die Spannung zu erhöhen. «Gestern saß ich schon eine Weile im Café, da kam er herein und setzte sich gleich zu mir. Dann haben wir gaaanz lange miteinander geredet ...»

«Wie romantisch!», seufzt Valerie.

«Worüber habt ihr denn so gesprochen?», will Connie wissen.

«Über seine Heimat Rumänien, und wie es ihm in Deutschland gefällt und so weiter», erzähle ich, und dabei sehe ich ihn wieder vor mir mit seinen langen schwarzen Haaren und seinen wunderschönen Augen. Ach, er ist ein echter Märchenprinz!

Connies Stimme reißt mich aus meinen Träumen. «Was hat er denn erzählt – über seine Heimat Rumänien und so weiter?»

Ich überlege kurz. «Wir haben fast nur über Siebenbürgen geredet, denn von dort kommt er ja. Das ist ein Landesteil von Rumänien und liegt im östlichen Karpatenbogen.» Mit meinem rechten Arm ahme ich Vladimirs beschreibende Bewegung von gestern nach. «Ach ja, und dann hat er mich noch gebeten, ihn doch Vlad zu nennen, weil das nämlich alle seine Freunde machen.»

Plötzlich verwandelt sich der Ausdruck auf Connies Gesicht in blankes Entsetzen. «Vlad, der Pfähler», haucht sie.

Ja, was meint sie denn jetzt *damit*?

Valerie starrt sie mit großen Augen an, so, als würde ihr plötzlich etwas Furchtbares dämmern. Ich kann fast zusehen, wie ihr das Blut aus dem Gesicht weicht.

«Im Nordteil Rumäniens liegt das Land Siebenbürgen», flüstert Connie mit brüchiger Stimme. «Früher hieß es auch Transsylvanien, und man sagt, seine Bewohner seien sehr abergläubisch.»

«Äh, ja und?», frage ich verwirrt.

«So lautet der Anfang des Romans ‹Dracula›. Das Buch hab ich erst vor ein paar Wochen gelesen», erklärt sie.

Und nun, ganz langsam, schwant auch mir Schreckliches.

Fassungslos schüttelt Connie den Kopf. «Das Vorbild für diesen Grafen Dracula hat wirklich gelebt. Der Kerl war ein Adliger, der auf einer Burg in Siebenbürgen gelebt hat. Er muss ein supergrausamer Herrscher gewesen sein, denn er hat viele seiner Untertanen auf brutalste

Art und Weise umbringen lassen. Darum nannte man ihn ...» Ihre Stimme versagt, sie räuspert sich und fährt mühsam fort: «Er hieß Vlad Dracul, aber man nannte ihn ... man nannte ihn *Vlad, den Pfähler.*» Jetzt sind ihre Augen riesengroß vor Schrecken. «Prinzessin Felicitas hatte Recht. Dein Vladimir ist ein *Vampir.*»

Fassungslos lehne ich mich auf meinem Stuhl zurück. Meine Hände zittern, mein Herz schlägt mir bis zum Hals, und ich brauche etwas Zeit, bis ich wieder einen halbwegs klaren Gedanken fassen kann.

«Aber Vampire vertragen doch absolut kein Sonnenlicht», bringe ich schließlich mit Mühe hervor. «Dann zerfallen sie nämlich zu Staub. Das hat mir Luisa erst gestern gesagt. Und es ist ja wohl offensichtlich, dass Vladimir sich auch am hellichten Tag pudelwohl fühlt.»

Die beiden versinken in nachdenklichem Schweigen.

«Eigentlich schon», meint Valerie schließlich. «Aber wir müssen vorsichtig sein. Diese Vampire sind doch schon ururalt. Vielleicht haben die sich ja inzwischen dem heutigen Leben ein bisschen mehr angepasst. Ich meine, so ein moderner Vampir, der muss doch einiges aushalten, zum Beispiel jede Menge elektrisches Licht, Autoscheinwerfer und so weiter. Die wären doch längst ausgestorben, wenn sie sich unter jeder Straßenlaterne in ihre Einzelteile auflösen würden. Da haben sie bestimmt auch gelernt, mit Sonnenlicht klarzukommen.»

Connie nickt. «Also, an deiner Stelle würde ich mich verdammt vorsehen vor diesem … diesem Vlad Krestel.»

Ich bin immer noch nicht ganz überzeugt. Das heißt: Ich will gar nicht überzeugt sein. «Na hört mal, Vladimir heißen viele Jungs aus Osteuropa. Die können doch nicht alle … alle Blutsauger sein.»

«Denke an die Worte von Prinzessin Felicitas!», ermahnt mich Connie ernst. «Es reicht ja wohl, wenn *einer* von ihnen ein Vampir ist, nämlich *deiner.* Ich sage ja auch gar nicht, dass er unbedingt einer sein *muss.* Aber er *könnte* sehr gut einer sein. Schließlich bist du gewarnt.»

Okay, die zwei haben ja Recht, gerade wegen dieser geheimnisvollen Vorhersage vom letzten Samstag.

Langsam, aber unaufhaltsam kriechen Zweifel und Verzweiflung in mein armes Hirn. Ich stütze den Kopf in meine Hände und flüstere: «Was soll ich denn jetzt bloß machen?»

«Keine Panik», tröstet mich Connie. «Du hast ja uns. Komme, was da wolle, wir werden dir zur Seite stehen.»

Nachdenklich kratzt sich Valerie ihre braunen Locken, dann sieht sie entschlossen in die Runde. «Auf jeden Fall müssen wir irgendwie herausfinden, was wirklich los ist mit diesem … mit *deinem* Vlad.»

Da geht die Tür auf, und *er* kommt herein, zusammen

mit drei anderen Jungs. Er sieht mich, strahlt über das ganze Gesicht, macht einen Schritt in meine Richtung …

Rums!

Valerie ist mit ihrem Stuhl umgekippt und unsanft auf dem Boden gelandet. Connie dagegen richtet sich schnell aus ihrer gebückten Haltung auf und starrt ihn mit riesengroßen Augen an.

Vladimir sagt nichts, aber das Wort *Zickenalarm!* steht ihm auf der Stirn geschrieben.

Ich werfe ihm einen verlegenen Blick zu und zucke bedeutungsvoll die Schultern. Er schenkt mir ein halb verwirrtes, halb belustigtes Lächeln und steuert zielsicher seinen Platz in der ersten Reihe an.

Ich beobachte ihn von hinten, und in mir drin tobt der Sturm. Denn einerseits hab ich jetzt riesige Angst vor ihm. Und andererseits fühle ich mich immer noch magisch angezogen von seinen starken Schultern, von seinen eleganten Bewegungen und von diesen faszinierenden dunklen Augen.

Oje, was soll nur aus uns werden?

Diese Frage beschäftigt mich bis zur großen Pause. Vom Unterricht kriege ich kaum was mit, stattdessen brüte ich nur über der einen Frage: Ist er nun ein Vampir oder ist er keiner?

Je intensiver (und verzweifelter) ich darüber nachdenke, umso mehr wird mir klar, dass Connie und Valerie wohl Recht haben. Vielleicht stimmt wirklich etwas nicht mit Vladimir. Schon seine Herkunft aus Siebenbürgen ist mehr als verdächtig, und dann noch dieser Name … Ob er direkt von diesem grausamen, unheimlichen Grafen Vlad Dracul abstammt, von *Dracula*?

Was soll ich denn nur machen? Soll ich mich von ihm fern halten und morgen nicht bei unserem Treffen im *La Gondola* erscheinen?

Andererseits: am *helllichten Tage* mit einem Vampir ein Eis zu essen hat ja wohl noch keinem geschadet.

Vielleicht ist er ja auch gar kein Blutsauger, und dann zerstöre ich durch meine Feigheit die Liebe meines Lebens, noch bevor alles richtig begonnen hat.

Zum x-ten Mal schiele ich zwischen Connie und Valerie hindurch auf den Rücken des dunkelhaarigen Jungen in der ersten Reihe. Warum hab ich mich bloß ausgerechnet in ihn verliebt?

«Heute ist dir ja wohl 'ne Laus dritten Grades über die Leber gelaufen», bemerkt Luisa.

Sogar sie hat's schon gemerkt. Dabei ist sie blass und mit geschwollenen Augen zehn Minuten zu spät in die Schule gekommen. Ich kann sie ja verstehen, die Arme. Heute sogar noch viel besser als gestern. Ich möchte gar nicht wissen, wie *ich* aussehe, jetzt, wo ich mit meinen drei Freundinnen auf der runden Bank unter der alten Kastanie auf dem Pausenhof hocke und lustlos mit den Fingern mein Butterbrot zerkrümele.

Connie und Valerie beugen sich zu ihr und erzählen ihr leise die Geschichte von meinem Unglück. Währenddessen beobachte ich unauffällig Vladimir, der mit ein paar Jungs aus seinem Fußballclub an der Mauer des Schulgebäudes lehnt und, seinen Bewegungen nach zu schließen, das Training von heute Nachmittag mit ihnen bespricht.

Eben, als wir aus der Klasse gegangen sind, war er plötzlich neben mir. Wie zufällig hat seine Hand meinen Arm berührt, und dann hat er mich wieder so hinreißend angelächelt, dass ich gar nicht anders konnte, als zurückzustrahlen und in seinen dunklen Augen zu versinken. Der Junge hat wirklich etwas Magisches.

O nein, bloß nicht *magisch*! Allein das Wort jagt mir einen Schauer über den Rücken.

Jetzt meint Luisa laut: «Komisch, und ich war mir ganz sicher, dass diese ... diese Prinzessin Felicitas nur Spaß gemacht hat.» Dann schweigt sie einen Moment, bevor sie murmelt: «Aber nun ... Ja, was machen wir denn jetzt?»

«Wir müssen unbedingt herausfinden, ob Vladimir ein Vampir ist oder nicht», erklärt Connie entschlossen.

«Oder was meinst du, Laura? Du bist schließlich die Hauptleidtragende.»

Das kann man wohl sagen. Seit heute Morgen fühle ich mich, als hätte man mir jetzt schon das Blut ausgesaugt: kraftlos, leer und total verzweifelt. Dabei hat der Vampir noch nicht mal zugebissen.

Aber soll ich denn abwarten, ob er wirklich in stockdunkler Nacht im schwarzen Umhang angeschwebt kommt, um mich in sein Reich zu entführen? Oder soll ich mich mit ihm in tiefster Dunkelheit im Park verabreden und hoffen, dass er *nicht* zubeißt? Hinterher wüsste ich 's dann ...

Nein, es ist wirklich am besten, erst mal gründlich mit meinen Freundinnen zu beraten. Also fasse ich mir ein Herz und gebe zum ersten Mal in dieser Pause ein paar Worte von mir. «Connie hat Recht», erkläre ich und schaue ernst in die Runde.

«Fragt sich nur: Wie sollen wir 's anstellen?», meint Luisa und windet nachdenklich einen Strang ihrer langen Haare um die Finger.

«Na, ganz einfach», behauptet Connie. «Wir stellen diesen Vladimir auf die Vampirprobe.»

Sie schaut uns an, und als alle, mich eingeschlossen, heftig nicken, kramt sie einen Kuli und einen Notizblock aus ihrer Schultasche. «Also gut. Weiß jemand, was für besondere Eigenschaften Vampire haben?»

«Sie schlafen in Särgen», erklärt Valerie.

«Schlafen in Särgen», murmelt Connie und kritzelt dabei auf ihren Notizblock.

«Und sie mögen keinen Knoblauch», füge ich leise hinzu.

«Warum eigentlich?», fragt Connie, aber sie nimmt auch diesen Punkt ohne zu zögern in ihre Liste auf.

«Keine Ahnung, ehrlich», meint Luisa. «Aber ich weiß, dass man sie ein für alle Mal erledigen kann, wenn man ihnen, während sie in ihrem Sarg schlafen, einen Holzpflock durch die Brust hämmert. Dann hauchen sie mit einem tiefen Seufzer ihr totes Leben aus.»

«Holzpflock durch die Brust. Stimmt, das war auch in dem Roman über Dracula so», brummelt Connie und schreibt eifrig mit.

Mir dagegen wird schlecht. Denn nun erscheint vor meinem inneren Auge Vladimir, wie er vor mir liegt, einen dicken Holzpflock in der Brust. Er stößt einen gequälten Seufzer aus und …

Mein Gott, wie furchtbar, wie grässlich!

Mitleidig legt mir Luisa den Arm um die Schulter. «'tschuldigung», murmelt sie zerknirscht. «Das war voll daneben, ehrlich.»

«Aber es ist die Wahrheit», meint Valerie. «Schließlich sammeln wir hier Fakten.»

«Kümmert euch nicht um mich», hauche ich mit

schwacher Stimme. «Macht einfach weiter. Die Sache ist zu wichtig, um irgendwelche ... irgendwelche Rücksichten zu nehmen.»

«Also gut, weiter im Text», beschließt Connie und sieht uns erwartungsvoll an.

Luisa lässt ihren Arm von meiner Schulter gleiten und legt nachdenklich die Stirn in Falten. «Wir sollten auch festhalten, dass sie angeblich kein Sonnenlicht vertragen. Okay, es ist klar, dass das bei Vladimir nicht der Fall ist. Aber wir sind uns ja wohl darüber einig, dass moderne Vampire einige ihrer Schwächen überwunden haben könnten. Vielleicht auch die mit dem Licht.»

Alle nicken, mich ausgenommen. Denn mich überfällt eine fürchterliche Erkenntnis: «Das heißt aber auch, dass unsere ganze Taktik in Frage gestellt ist. Wenn Vladimir nicht auf eine Probe reagiert, kann es sein, dass er kein Vampir ist. Genauso gut kann es aber auch heißen, dass er ein typisches Vampirproblem überwunden hat und einfach nicht mehr darauf anspricht.»

Connie überlegt einen Moment, dann meint sie bedrückt: «Ich fürchte, Laura hat Recht.»

Luisa nickt traurig. «Egal, was wir unternehmen, wir können wohl nur sagen: Wenn Vladimir sich benimmt wie ein Vampir, dann *ist* er auch ein Vampir. Ob er *kein* Vampir ist, das werden wir wohl nie mit Sicherheit herausfinden.»

3
Dem Untoten auf der Spur

Unheimliche Stille liegt über der alten Villa . Nebelfetzen wehen vom Main herüber, nur schwach dringt der Schein der Straßenlaternen hindurch und taucht das große Gebäude in unheimliches Licht.

«Seid ihr sicher, dass er da drin wohnt?», flüstert Connie.

Luisa nickt und leuchtet das dunkle Gemäuer mit ihrer Taschenlampe an. «Ich kann's kaum glauben: Im ersten Stock steht eine Balkontür offen», jubelt sie leise.

«Ich glaube, das ist Vladimirs Zimmer», hauche ich.

«Okay», meint Valerie entschlossen. «Nun müssen wir nur noch da hochkommen.»

«Und was ist, wenn wir ihn wecken?», überlegt Luisa.

«Also, wenn er das ist, was wir vermuten, dann schläft er garantiert nicht dort oben, sondern in einem Sarg im Keller», stellt Connie nüchtern fest.

«Okay, dann mal rein mit uns», beschließt Luisa. Vorsichtig, ihren rechten Arm mit dem Knoblauchbündel vor sich haltend, schleicht sie durch den verwilderten Garten. Ich folge ihr, mein großes silbernes Kreuz fest umklammert. Valerie mit dem Hammer und Connie mit den Holzpflöcken habe ich im Schlepptau.

Huch, was ist das für ein Flattern über uns? Erschrocken schaue ich hoch und sehe ein paar kleine Tiere über uns hinwegfliegen.

«Fledermäuse?», flüstert Valerie.

«Hoffentlich ist Familie Dracula nicht gerade ausgeflogen!», befürchtet Connie.

«Quatsch mit Soße», meint Luisa. «Wir haben gerade zehn vor elf, bis zur Geisterstunde bleibt also noch viel Zeit. Und vorher muckst sich garantiert kein Vampir.»

Wir sind an der alten Villa angekommen, bedrohlich bohren sich ihre hohen Mauern in den Himmel. Genau über uns ist das Fenster, durch das wir einbrechen werden. Und darunter …

Ich stoße einen unterdrückten Schrei aus, denn am Sims unter dem Balkon kauert ein Ungeheuer!

«Was ist los?», fragt Luisa alarmiert.

Ich zeige stumm auf das bedrohliche Vieh.

«Huch!», keucht Valerie.

«Das ist nur eine Steinfigur», beruhigt uns Connie. «So was gibt's an alten Häusern öfter.»

«Aber hier hat's vielleicht was zu bedeuten», befürchtet Valerie.

Mir wird flau vor Angst. Wenn Vladimir kein Vampir ist und friedlich schlummernd in seinem Bett liegt, dann sind wir gleich bis auf die Knochen blamiert. Und falls wir ihn und seine Familie wirklich im Keller in Särgen schlafend finden … Mein Blick fällt auf die Holzpflöcke in Connies Hand, und mir bricht der Schweiß aus.

«Ob das Vieh da oben eine Bedeutung hat oder nicht, das können wir nur feststellen, wenn wir in dieses Haus reinkommen», überlegt Luisa. «Fragt sich nur, wie?» Nachdenklich windet sie sich ihre blonden Haare um die linke Hand.

«Hey, ich glaub's nicht», ruft Valerie leise und zeigt auf eine Leiter, die, halb von Efeu überwachsen, am Fuß der Mauer liegt.

So leise wie möglich ziehen und zerren wir das Teil unter dem Gestrüpp hervor.

«Sieht ein bisschen morsch aus», stelle ich fest.

«Fällt dir was Besseres ein?», knurrt Connie. Dann lehnt sie mit bewundernswerter Geräuschlosigkeit die Leiter an die Mauer.

Vorsichtig, bei jedem Schritt die nächste Sprosse prüfend, steigt Luisa als Erste hinauf. Problemlos kommt sie oben an und klettert auf den Balkon. Dann leuchtet sie vorsichtig mit ihrer Taschenlampe in das Zimmer hinein.

«Und?», keucht Valerie, die nach ihr die Brüstung erreicht. Hinter ihr taste ich mich über die Leiter aufwärts.

«Eindeutig Vladimirs Zimmer», flüstert meine allerbeste Freundin. «Aber ...» Sie leuchtet mit ihrer Taschenlampe in Richtung Bett.

Eilig klettere ich über das verrostete Balkongitter und schaue über ihre Schulter.

Das Bett ist leer.

Plötzlich geht ein Alarm los! Lautes, schrilles Klingeln zerreißt die nächtliche Stille.

Verwirrt reiße ich die Augen auf und starre in die Dunkelheit. Dann erst, ganz langsam, dämmert mir, dass das nervtötende Schrillen von meinem Wecker kommt. Genervt versetze ich dem aufdringlichen Teil eins auf den Ausschaltknopf, drehe mich um und ziehe mir die Decke über den Kopf.

Es ist nicht zu fassen: Ich habe wirklich, ehrlich, alles nur geträumt.

Gott sei Dank!

Aber dann wird mir klar, dass ich trotzdem immer noch nicht weiß, was eigentlich los ist mit Vladimir. Heute Nachmittag werde ich ihn in der Eisdiele treffen. Und vorher muss ich mir wohl oder übel mit meinen Freundinnen eine Strategie überlegen, mit der wir ihn überführen können.

Oder auch nicht. Vielleicht ist er ja gar kein Vampir. O hoffentlich, hoffentlich ist er keiner!!!

Was ist, wenn Prinzessin Felicitas wirklich nur einen

Scherz gemacht hat? Oder wenn es gar kein Geist gewesen ist, der zu uns «gesprochen» hat?

Aber wer oder was sollte es denn sonst gewesen sein?

Und überhaupt: Zuerst bekomme ich diese geheimnisvolle Vorhersage, und dann verliebe ich mich in einen Jungen, der aus Siebenbürgen kommt und Vladimir heißt, genau wie dieser … dieser schreckliche Graf Vlad Dracul. Das kann doch kein Zufall sein!

Es ist zum Verzweifeln.

Und wenn ich dem Vladimir heute Nachmittag sage, dass ich definitiv nichts mit ihm zu tun haben will? Dann hätte ich meine Ruhe.

Wirklich? Was würde ihn denn daran hindern, trotzdem nachts als Fledermaus über mich herzufallen?

Gar nichts. Wetten, ich kann mich gar nicht gegen ihn wehren, wenn er mich ansieht mit seinen schönen, großen Augen? Nicht mal, wenn er seine spitzen Fangzähne bleckt und mir … O Graus!

Es hilft alles nichts. Wir müssen etwas unternehmen, besser heute als morgen.

Mit einem Seufzer schlage ich die Decke zurück, wuchte mich aus dem Bett und schleppe mich ins Bad.

Es ist fünf vor halb acht, als ich auf den Physiksaal zusteuere. Heute Morgen haben wir mein totales Lieblingsfach bei meiner absoluten Lieblingslehrerin: Frau Einstein. Sie unterrichtet bei uns auch Mathe, und eigentlich heißt sie ja Frau Dr. Einbeck, aber so nennt sie bei uns eh keiner. Und mit Sicherheit ist es heute das erste Mal seit Urzeiten, dass ich mich nicht auf diese Stunde freue.

Wegen Vladimir natürlich.

Sogar meine Mutter scheint schon gemerkt zu haben, dass mit mir irgendwas nicht stimmt. Jedenfalls hat sie mich heute beim Frühstück so komisch angeschaut. Aber weil ich 's sofort geschnallt und die ganze Zeit über einen auf fröhlich gemacht habe, hat sie mir keine blöden Fragen gestellt. Zum Glück! Aber ich muss aufpassen. Denn wenn sie mich wirklich dazu bringt, ihr von meinen Sorgen zu erzählen, wird sie mich danach garantiert sofort zum Psychiater schleppen.

Ich öffne die Tür des Physiksaales und sehe zu meinem Erstaunen, dass meine Freundinnen schon alle da sind. Connie und Valerie packen gerade ihre Schultaschen aus, und Luisa schält sich aus ihrem Anorak.

«Hallo!», ruft mir die allerbeste meiner Freundinnen zu.

«Wir müssen dir unbedingt was erzählen», erklärt Connie.

Auch Luisa sieht mich bedeutungsvoll an. Sie greift in ihre Hosentasche und holt einen total zerknitterten Zettel hervor. «Ich war gestern Nachmittag bei Lea ...», beginnt sie.

«Du hast ihr doch wohl nichts von mir und Vladimir erzählt!», unterbreche ich sie entsetzt.

«Natürlich nicht», erklärt sie zu meiner Erleichterung. «Ich hab ihr auf dem Nachhauseweg weisgemacht, dass ich gerade das Buch ‹Dracula› gekauft habe. Darauf ist sie total abgefahren. Sie hat mich gleich für den Nachmittag zu sich eingeladen.»

Ich schlucke. «Und?»

«Na, unsere Luisa hat die Horror-Lea natürlich total über Vampire ausgequetscht», meint Connie, wobei sie meiner allerbesten Freundin anerkennend auf die Schulter klopft.

«Dabei hab ich noch ein paar Sachen für unsere Liste rausgekriegt», erklärt die und wedelt mir mit dem zerknautschten Zettel vor der Nase herum.

Wir setzen uns zusammen und halten Besprechung.

Connie hat ihren Notizblock gezückt. «Also», beginnt sie. «Gestern hab ich aufgeschrieben, dass Vampire erstens in Särgen schlafen, zweitens keinen Knoblauch mögen und drittens endgültig getötet werden können, indem man ihnen einen Holzpflock durch die Brust hämmert.» Sie wirft mir einen vorsichtigen Blick zu, doch weil ich diesmal ruhig und entspannt bleibe, fährt sie fort: «Und sie vertragen angeblich auch kein Sonnenlicht. Aber wir vermuten ja, dass das bei modernen Vampiren nicht mehr so ganz zutrifft.»

Jetzt ergreift Luisa das Wort. «Dazu hat die Horror-Lea auch was gesagt. Sie meinte, es hieße sogar in Fachkreisen, dass es in jüngerer Zeit tatsächlich viele Vampire geschafft hätten, die eine oder andere ihrer wohl bekannten Schwächen zu überwinden.»

«Was meint Lea mit ‹Fachkreisen›?», überlege ich.

Meine beste Freundin zuckt die Achseln. «Keine Ahnung, da muss ich nochmal nachfragen. Aber …»

In diesem Moment geht die Tür auf, und drei Jungs aus unserer Klasse kommen herein. Wir stecken unsere Köpfe zusammen und beraten flüsternd weiter.

«Aber», fährt Luisa leise fort. «Lea sagte auch: Man muss nach wie vor davon ausgehen, dass Vampire sich im Großen und Ganzen immer noch wie Vampire verhalten. Es könnte höchstens sein, dass der eine Blutsauger dieses Problem gemeistert hat und der andere jenes. Vampire, die sich total wie Menschen benehmen, soll es nach wie vor nicht geben.»

Erleichtert atme ich auf. «Na, Gott sei Dank.»

Sie nickt triumphierend. «So, und nun zu den typischen Vampireigenschaften nach unserer Horror-Expertin Lea.»

Connie packt ihren Kuli fester.

«Sie verabscheuen Kreuze», flüstert Luisa.

«Warum?», will Valerie wissen.

«Na, weil sie doch Kreaturen des Teufels sind», antwortet Connie beiläufig und beugt sich geschäftig über ihren Notizblock, wobei sie murmelt: «verabscheuen Kreuze».

Ihr fällt gar nicht auf, dass mir die Tränen in die Augen steigen. Vladimir eine Kreatur des Teufels? Dieser absolut nette Junge? Das kann ich einfach nicht glauben!

Aber ich bin ja auch bis über beide Ohren in ihn verknallt.

Connie lässt ihren Kuli sinken. «Weiter im Text, bitte!»

Luisa schaut auf ihren Zettel. «Sie haben kein Spiegelbild.»

Tapfer schlucke ich meine Tränen herunter. «Na, das lässt sich ja leicht feststellen.»

«Eben», meint Valerie fachmännisch. «Und darum ist das ein Punkt, an dem der Vladimir sehr wahrscheinlich gearbeitet hat. Sonst käme ihm doch jeder sofort auf die Schliche.»

Ich sinke in mich zusammen und blicke zu Boden. Muss denn immer alles so furchtbar kompliziert sein?

Connie schaut von ihrem Notizblock auf. «Noch was?», fragt sie.

«Ja», meint Luisa. «Vampire haben immer eine Besonderheit. Entweder sie sind an einem hohen kirchlichen Feiertag geboren, oder sie haben eine Hasenscharte oder sechs Finger an jeder Hand, oder ihre Augenbrauen sind über der Nase zusammengewachsen ...»

Wieder sehe ich Vladimir vor mir, und über seinen dunklen Augen sind die Brauen in einer dünnen Linie verbunden. Nun runzelt er die Stirn, und seine Augenbrauen bilden einen einzigen, dichten, zweimal geschwungenen Strich.

«Was ist los mit dir? Du bist ja kreidebleich geworden!», flüstert Valerie erschrocken.

Jetzt erst bemerke ich, dass die anderen mich entsetzt anstarren. Bestimmt seh ich total geschockt aus, und abwesend war ich mit Sicherheit auch. Aber an den Tatsachen führt kein Weg vorbei.

Ich muss mich räuspern, um reden zu können. «Vladimirs Augenbrauen *sind* zusammengewachsen.»

Luisa nimmt mich tröstend in den Arm, und Valerie stöhnt leise: «Du arme, arme Laura!»

Der Physiksaal hat sich inzwischen gefüllt, aber niemand achtet auf uns vier.

Als einer der Letzten kommt Vladimir herein, gefolgt von zwei anderen Jungs aus dem Fußball-Verein. Mit eleganten Bewegungen geht er zu seinem Tisch, wirft mir dabei einen langen, warmen Blick zu und hebt grüßend die Hand. Ich lächle zurück und spüre, wie mir trotz aller Ängste wieder warm um mein frierendes Herz wird.

Der Junge zieht mich wirklich magisch an. Vor allem seine wunderschönen Augen … So was hab ich echt noch nie erlebt!

Na gut, ich bin ja auch zum ersten Mal in meinem Leben richtig verliebt.

Jetzt betritt Frau Einstein den Raum und ruft laut «Guten Morgen!» in unser Gewusel. Der Unterricht beginnt, und ich gebe mir wirklich alle Mühe, konzentriert zuzuhören.

Aber nicht lange. Denn kaum hat sie richtig losgelegt, da beugt sich Luisa zu mir herüber und flüstert mir ins Ohr: «Es ist wirklich wie verhext: Ich bin total in einen Jungen verknallt, der sich nicht die Bohne für mich interessiert. Und du liebst den Vladimir, und ich bin mir ganz sicher, dass auch er in dich verliebt ist. Dabei kann es sein … ist es sogar sehr gut möglich, dass er … dass er …»

Jetzt versagt ihr die Stimme.

Mir ist schon wieder zum Heulen zumute, doch ich reiße mich zusammen, nehme unter der Bank ihre Hand und drücke sie.

Traurig senke ich den Kopf, und dabei fällt mein Blick auf den Fußboden.

Was liegt denn da?

Ein Zettel. Ein verknautschtes, einmal gefaltetes Blatt. Und darauf erkenne ich Luisas Schrift.

Es sind wohl die Aufzeichnungen, die sie gestern bei Lea gemacht hat, und zwar deren unterer Teil, denn nur wenige Zeilen sind beschrieben.

Sie müssen ihr aus der Hosentasche gerutscht sein.

In großen, hastig gekritzelten Buchstaben steht dort zu lesen: «Zum Beispiel: an hohem kirchlichem Feiertag geboren oder körperliche Besonderheit wie Hasenscharte, sechs Finger, zusammengewachsene Augenbrauen.»

In der Zeile darunter steht noch etwas.

Komisch, das hat sie uns doch gar nicht vorgelesen.

Es dauert ein bisschen, bis ich die eilig hingeschmierten Worte entziffern kann. Aber dann lese ich: «Können ihr Opfer mit ihrem Blick magisch bannen.»

Ich erstarre zum Eisblock, spüre kaum, dass mir Luisa warnend in die Rippen stößt, und höre wie von ferne, dass Frau Einstein zu mir sagt: «Was ist los mit dir, Laura? Ist dir nicht gut?»

Auch Vladimir hat sich zu mir umgedreht. Erschrocken sieht er mich an mit seinen magischen Augen, die mich vom ersten Moment an verzaubert haben.

Ich springe auf, stürze zur Tür und presse hervor: «'tschuldigung, mir ist grottenschlecht geworden.»

Dann renne ich hinaus, laut knallend fällt die Tür ins Schloss. Ich schaffe es gerade noch um die nächste Ecke … und dann fange ich haltlos an zu weinen.

«Meinst du, du schaffst das heute Nachmittag?», fragt mich Luisa. «So fertig, wie du aussiehst …»

Wir haben jetzt große Pause, seit der ersten Schulstunde wummert mein Herz wie verrückt, und die Tatsache, dass mich Vladimir eben an der Hand genommen und sich besorgt danach erkundigt hat, wie es mir geht, macht alles nur noch schlimmer. Heute Nachmittag bin ich garantiert so nervös, als müsste ich mit einem Bungeeseil vom Empire State Building springen.

Trotzdem hab ich es geschafft, Vladimir zu beruhigen, und nach einiger Zeit hat er sich von ein paar Freunden zum Fußballspielen abschleppen lassen.

Nun halte ich also mit meinen Freundinnen Teil zwei der Lagebesprechung ab. Ich brauche ja noch unbedingt eine Strategie für den Nachmittag.

«Nun reg dich bloß nicht künstlich auf. Klar schaff ich das», erkläre ich mit gespielter Zuversicht. Ich muss da durch, koste es, was es wolle.

Connie hat wieder ihren Notizblock gezückt. «Du bist echt tapfer, Laura», meint sie bewundernd. Dann schlägt sie vor: «Wiederholen wir nochmal, was wir schon wissen. Er verträgt also Sonnenlicht, klar. Das können wir abhaken.» Ihr Kuli kratzt über das Papier, und sie schaut wieder auf.

«Eine körperliche Besonderheit hat er aber», erinnert sie Valerie und wirft mir einen mitleidigen Blick zu. «Die zusammengewachsenen Augenbrauen nämlich.»

«Mhm», murmelt Connie und macht an diesem Punkt

ein dickes Ausrufezeichen. «Und welche Eigenschaften könnte die Laura heute Nachmittag erforschen?»

«Das mit dem Spiegelbild», schlägt Luisa vor. «Schließlich ist die ganze linke Wand des *La Gondola* ein einziger großer Spiegel.»

«Okay, das wird ja wohl zu schaffen sein», erkläre ich.

Doch dann tritt mir ein grausiges Bild vor Augen: Vladimir, wie er das Eiscafé betritt. Wie er langsam auf mich zukommt, sich lächelnd zu mir an den Tisch setzt ... und an der Rückwand, auf dem riesigen Spiegel, ist nichts von ihm zu sehen.

Oje, was mach ich dann bloß?

Die Nerven behalten! Cool bleiben, auf jeden Fall und um jeden Preis! Selbst wenn er sich vor meinen Augen in eine Fledermaus verwandelt.

Die anderen haben wohl nicht gemerkt, dass ich kurz abwesend war, denn sie reden munter weiter.

«Und wie stellt ihr euch das mit den Holzpflöcken vor?», fragt Valerie.

Ich schnappe nach Luft.

«Wie wär's, wenn ich das übernehme?», schlägt Luisa vor. «Halloween ist nicht mehr weit. Nur noch zehn Tage, und dann gibt's wieder die große Party auf unserer alten Klingenburg. Vladimir ist auch da, garantiert. Schließlich ist es die angesagteste Halloween-Fete in der ganzen Gegend. Ich verkleide mich dann als Van Helsing ...»

«Was ist das denn? Klingt ja wie ein Brechmittel», unterbricht sie Valerie.

Connie wirft ihr einen vorwurfsvollen Blick zu. «Also wirklich! *Professor* Van Helsing war ein berühmter Vampirjäger. Hat übrigens auch Dracula erledigt.»

«Genau», bestätigt Luisa. «Ich gehe also mit großem Hut und weitem Mantel aufs Fest, und in meinem Gürtel trage ich einen dicken Hammer und ein paar Holzpflöcke. Dann schau'n wir mal, wie der liebe Vladimir reagiert. Oder hat jemand was dagegen?»

Erwartungsvoll schaut sie in die Runde.

Als niemand etwas sagt, meint Connie: «Okay, ich schreibe also auf: ‹Holzpflöcke: prüft Luisa auf Halloween.›» Schnell bringt sie die Worte zu Papier und hebt wieder den Kopf.

«Was haben wir denn sonst noch auf der Liste?», fragt Valerie.

«Hmm», macht Connie und lässt ihre Augen über das Papier gleiten. «Ach ja: ‹Schlafen in Särgen›.»

Schweigend sehen wir uns an, dann meint Valerie: «Laura, du musst ihn so schnell wie möglich dazu überreden, dich in seine Wohnung einzuladen.»

Ärgerlich schüttelt Luisa den Kopf. «Und da soll sie in den Keller rennen und nach Särgen Ausschau halten, oder was? Wie stellst du dir das denn vor?»

Ich sage immer noch nichts, denn mir steht wieder

mein Traum von letzter Nacht vor Augen. Was ist, wenn Vladimir wirklich in so einem unheimlichen alten Kasten lebt?

Na, das kann ja heiter werden!

Komm, Laura, es war ja nur ein Traum. Bestimmt wohnt er in einem riesigen Mietshaus mit einem feuchten, zugigen Minikeller, in dem jeder Sarg samt Inhalt sofort zu schimmeln anfangen würde.

«... möchte er ihr doch bestimmt die Wohnung zeigen», überlegt Valerie unerbittlich. «Da kann ihn Laura völlig unauffällig nach dem Keller fragen.»

«Und dann wird es gefährlich», warnt Luisa. «Stell dir vor: Laura und der Vampir alleine unter der Erde, in der Dunkelheit ... Huuh!»

Sie schüttelt sich.

«Na und?», behaupte ich tapfer. «Am Tag wird er mir schon nichts tun, noch nicht mal im allertiefsten Verlies. Und irgendwie muss ich doch herausfinden, was mit ihm los ist.»

«Bravo», lobt mich Connie, kritzelt auf ihren Notizblock und murmelt dabei: «Laura verschafft sich Zutritt zu Vladimirs Wohnung und Keller.»

«Okay, und was haben wir noch?», fragt Valerie.

Connie überfliegt ihre Liste. «Das mit dem Knoblauch, den Vampire absolut nicht mögen», erinnert sie uns.

Luisa sieht uns an, und ein listiges Lächeln spielt um

ihren Mund. «Überlasst das mal ruhig mir», meint sie nur.

Klar möchte ich fragen, was sie vorhat, und über die Sache mit den Kreuzen sollten wir auch noch reden. Aber jetzt schrillt die Pausenglocke, und wir müssen wohl oder übel Schluss machen.

Als ich mich zwischen den anderen durch das große Eingangstor dränge, sehe ich Vladimir, der, den Fußball unter dem Arm, neben seinen Freunden vor uns hergeht.

Also gut, jetzt gibt es kein Zurück mehr, denke ich, und mir läuft ein eiskalter Schauer über den Rücken.

Es ist zehn vor vier, ich springe aus dem Bus und gehe mit eiligen Schritten zum Eiscafé. Schon wieder (oder immer noch?) klopft mein Herz bis zum Hals.

Also wirklich: Sogar Bungee-Springen ist nichts gegen das, was mir jetzt bevorsteht.

Um ehrlich zu sein, war ich kaum in der Lage, meine Hausaufgaben zu machen. Wahrscheinlich sind sie so schlampig und falsch wie seit ewigen Zeiten nicht mehr. Anschließend hab ich versucht, für Physik zu lernen, weil Frau Einstein für morgen einen Test angekündigt hat. Aber das hat überhaupt nichts gebracht; nach einer Viertelstunde hab ich mein Heft frustriert in die Ecke geworfen.

Na ja, vielleicht hab ich heute Abend bessere Nerven. Es könnte ja sein, dass ich bis dahin herausfinde, dass *er* gar kein Vampir sein kann, und wenn er hundertmal Vlad heißt und aus Siebenbürgen kommt und zusammengewachsene Augenbrauen hat.

Ach, das wäre wunderbar!

Eigentlich komisch: Einerseits hab ich tierische Angst, und andererseits freu ich mich unendlich darauf, ihn wiederzusehen, mit ihm zusammen zu sein … Ich hab noch nie darüber nachgedacht, was es heißt, hin und her gerissen zu sein. Aber jetzt weiß ich, was der Ausdruck bedeutet.

Ich ziehe meinen Anorak enger um meinen Körper und gehe noch schneller. Brrr, ist das kalt heute! Man spürt, dass bald der November kommt. Der Himmel ist grau und trübe; der Wind bläst die letzten Blätter von den Bäumen und treibt sie raschelnd über den Weg. Die Leute gehen leicht gebeugt, manche tragen schon Schal und Mütze, und die übrigen frieren garantiert genau so wie ich.

Eigentlich eine Schnapsidee, gerade heute ein Eis zu essen. Na, im *La Gondola* gibt's ja auch heißen Kakao. Ich freu mich echt auf was Warmes zu trinken und 'ne Heizung in meiner Nähe. Nur noch die Häuserecke, dann bin ich da. Ich biege um die Kurve und …

Da ist Vladimir! Er läuft; ganz leicht und mühelos

sieht das aus, fast schwebend … Seine langen Haare fliegen, und sein Atem zaubert weiße Wölkchen in die graue Luft.

Jetzt hat er mich gesehen. Er bleibt stehen und lächelt und winkt mir zu.

Dann bin ich bei ihm. «Hallo», hauche ich, weil mein Herz so stark klopft, dass ich nicht laut reden kann.

Er nimmt meine Hand. «Uh, du hast aber kalte Finger», stellt er fest und umschließt sie mit seinen großen, warmen Händen. Einen Moment bleiben wir so stehen und schauen uns an, dann legt er vorsichtig den Arm um mich. Ich lasse es geschehen und lehne sogar den Kopf an seine Schulter.

Mein Herz schlägt Trommelwirbel, diesmal allerdings vor Glück. Eng aneinander gekuschelt gehen wir in das Café und lassen uns an einem Tisch in der hintersten Ecke des Raumes nieder.

Prima, denke ich. Dann können uns die anderen Leute wenigstens nicht so gut sehen, und wir haben hier unsere Ruhe.

Da sitzen wir nun und schauen uns an. Ich versinke fast in Vladimirs dunklen Augen und weiß einfach nicht, was ich sagen soll.

Er vermutlich auch nicht.

Erst, als die Bedienung auf uns zusteuert, fragt er mich: «Was darf ich denn für dich bestellen?»

Huch, ich war ja total absorbiert von diesem supercoolen Jungen, der mir gegenübersitzt.

Stimmt ja, wir sitzen in einem Eiscafé, und da muss man wohl oder übel was essen. Oder wenigstens was trinken. «Einen Kakao», erkläre ich schnell. «Einen schön heißen Kakao, bitte.»

Die Kellnerin ist an unserem Tisch angekommen und zückt ihren Notizblock.

Notizblock???

Oje! Connie, Vampir ... die Spiegelprobe!

Und ich Depp habe zugelassen, dass wir uns in die allerversteckteste Ecke des Cafés verkriechen, ausgerechnet in eine Nische, an deren rechter Seite, genau zwischen uns und der alles entlarvenden Spiegelwand, zuerst eine Wendeltreppe und dann eine Reihe mit Tischen stehen.

Na gut, das kann ich jetzt auch nicht mehr ändern. Vorsichtig versuche ich, möglichst unauffällig zwischen den eisernen Streben des Treppengeländers hindurchzuschielen.

Aber auf der anderen Seite, genau dort, wo sich vielleicht noch ein Stückchen Vladimir spiegeln könnte, sitzt ein Club rundlicher alter Damen vor dampfenden Kaffeetassen und großen Eisbechern.

Die werden ja wohl irgendwann die Fliege machen.

«Möchtest du auch etwas essen?» Die Stimme von Vladimir reißt mich aus meinen Gedanken.

Erschrocken zucke ich zusammen. «Ja klar, einen Eisbecher mit Schokosoße und Kokosraspeln bitte», sage ich schnell. Doch im nächsten Moment könnte ich mich ohrfeigen. Kakao (mit Sahne!) und ein Riesen-Eisbecher, das geht ganz schön auf die schlanke Linie. Außerdem wird das für den armen Vladimir verdammt teuer. Vielleicht hat er gar nicht so viel Geld dabei.

Oje, der Arme! Dann hätte ich ihn voll blamiert.

Und ich Esel hab natürlich mein Portemonnaie zu Hause gelassen. Eigentlich logisch, wo doch eh kein Cent mehr drin ist.

Ob er jetzt daraus schließt, dass ich 'ne total anspruchsvolle Tussi bin oder total verfressen, oder dass ich absolut überhaupt nicht mit Geld umgehen kann?

Vladimir bestellt sich nur einen Cappuccino – ohne Sahne, selbstredend. Auch gut, dann kann ich ihm wenigstens was von meinem Eis abgeben. Ist wirklich besser so, für meine Figur und überhaupt.

Die Kellnerin verzieht sich, und Vladimir lehnt sich entspannt in seinem Stuhl zurück. Mir dagegen wird langsam zu warm.

Klar, wo ich doch total vergessen hab, meinen Anorak auszuziehen. Also stehe ich auf, streife das Teil von meinen Schultern und hänge es über die Rückenlehne meines Stuhls. Dabei spähe ich verzweifelt zwischen den Gitterstäben der Wendeltreppe hindurch.

Keine Chance. Die olle Schrumpelrose da drüben hat aus unerfindlichen Gründen ihren blasslila Hut aufgelassen, und der befindet sich genau da, wo sich eigentlich ein Stück Vladimir spiegeln sollte. Das ist ja wie verhext!

Was ist, wenn er mich absichtlich in diese Ecke entführt hat, damit ich nicht merke, dass er kein Spiegelbild … Bei dem Gedanken stellen sich mir die Nackenhaare auf.

Aber nein, das wäre wirklich zu viel der Hinterlist, sogar für einen Vampir. Er muss doch damit rechnen, dass die Omas da drüben sich irgendwann *endlich* verabschieden.

Andererseits: Wenn er wirklich ein Blutsauger ist, hat er keine Ahnung, dass ich Bescheid weiß. Dann geht er bestimmt felsenfest davon aus, dass die Wendeltreppe zwischen ihm und der Spiegelwand genügt, um mich nicht den geringsten Verdacht schöpfen zu lassen. Warum hab ich Blödmann denn eben nicht in den Spiegel geschaut, als wir zum Tisch gegangen sind?

Weil ich vor lauter Verliebtheit alles andere vergessen habe.

Laura, du bist wirklich die allerletzte Idiotin!

Mit einem leisen Seufzer sinke ich wieder auf meinen Platz zurück.

«Was ist los mir dir?», fragt Vladimir, echte Sorge im Gesicht. «Du wirkst irgendwie so bedrückt.»

«Keine Angst. Das kommt nur davon ...»

... dass mir so kalt ist, hätte ich fast gesagt. So ein Unsinn, wo ich doch gerade erst meinen Anorak ausgezogen hab!

Also fange ich noch mal von vorne an: «Das ... das liegt an diesem beknackten Physiktest. Normalerweise bin ich ja ganz gut in dem Fach, aber diesmal will mir der Kram einfach nicht in den Kopf.»

Vladimir nickt verständnisvoll. «Ich hab noch gar nicht mit dem Lernen angefangen. Werd ich wohl heute Abend machen. Sind sie denn schwer, die Physiktests von ... Wie nennt ihr sie doch gleich?»

Jetzt muss ich doch lächeln. «Frau Einstein. Ja, die verlangt 'ne Menge. Aber normalerweise erklärt sie auch ganz gut und ist überhaupt sehr nett. Meine Lieblingslehrerin, eigentlich. Komisch, dass ich diesmal absolut nichts raffe. Na, vielleicht liegt mir der Stoff einfach nicht.»

Jetzt kommt die Kellnerin. Sie platziert den dampfenden Kakao und den riesigen Eisbecher vor meiner Nase, und Vladimir bekommt seinen mickrigen Cappuccino.

Sobald sie uns den Rücken zugedreht hat, halte ich ihm meinen Löffel hin. «Hilfst du mir beim Aufessen? Allein schaff ich das nie und nimmer.»

Um seinen Mund spielt ein feines Lächeln. «Wenn du möchtest ... ja, gerne.»

Bevor ich mir mit dem Löffel meiner Kakaotasse das erste Stückchen Eis in den Mund schiebe, nehme ich einen Schluck von meinem herrlich warmen Getränk. «Ah, tut das gut», seufze ich, und um wieder ein Gespräch in Gang zu bringen, füge ich hinzu: «Es ist aber auch bärenkalt draußen, findest du nicht?»

Er zuckt die Achseln. «Ich mag's eigentlich gerne kalt.»

Ob das auch was mit Vampiren zu tun hat? Unter der Erde, in so einer zugigen Gruft, ist es bestimmt nicht gerade warm. Und wenn man auch noch in einem Sarg liegt, ohne Kopfkissen und warme Decke, darf man wirklich nicht allzu empfindlich sein.

Könnte es sein, dass Vampire gar kein Kälteempfinden mehr haben? Denn eigentlich sind sie ja so gut wie tot ...

Möglichst unauffällig luge ich noch einmal zwischen dem Geländer dieser blöden Wendeltreppe hindurch.

Nix zu machen, das Krampfadergeschwader da drüben will einfach nicht abrauschen. O Gott, ich krieg hier noch die Krise!

«Am liebsten wäre mir, wenn jetzt schon Schnee läge. Dann könnte ich nämlich Ski fahren. Das ist mein Lieblingssport, sogar noch mehr als Fußball», schwärmt Vladimir gerade und nimmt einen Schluck aus seiner Kaffeetasse. «Kannst du das auch? Ski fahren, meine ich.»

Ich zucke die Achseln. «Ja, ich hab's mal gelernt. Ist schon 'ne Weile her. Das war im ersten Schuljahr ... nein, im zweiten.»

Er nickt. «Dann hast du jetzt sicher keine passenden Sachen mehr. Schade eigentlich, denn sonst könnte ich 's dir nochmal zeigen.»

Ach Vladimir, für dich täte ich alles. Das heißt: alles, was bei Tageslicht stattfindet. Sogar Ski fahren, obwohl ich das als Kind gehasst hab wie die Pest.

«Warum nicht? Ich könnte mir ja eine Ausrüstung leihen», schlage ich vor.

Jetzt strahlt er wie ein dunkelmähniges Honigkuchenpferd. «Gute Idee. Hmm ... Vielleicht passen dir ja die zu klein gewordenen Skiklamotten meiner älteren Schwester.»

Schwester? Ausrüstung? Wo befinden sich Ausrüstungen von Schwestern normalerweise? Zu Hause natürlich!

«O ja, super!», rufe ich aus. Meine Begeisterung kennt keine Grenzen. «Wann kann ich sie anprobieren?»

Huch, jetzt fragt sich der Vladimir sicher, warum ich denn plötzlich so ausraste. Darum füge ich ganz schnell hinzu: «Es war sooo schön damals. Ich hab eigentlich nie verstanden, warum meine Eltern danach nie wieder mit mir in den Skiurlaub gefahren sind.»

Weil ich gemotzt und gemeckert habe, natürlich, und

zwar jeden Morgen, wenn ich zum Skikurs musste. Aber das ist lange her, und er braucht es wirklich nicht zu wissen.

Vladimir strahlt immer noch über das ganze Gesicht. «Echt schade, dass noch kein Schnee liegt.»

Huch, das hatte ich ja ganz vergessen!

«Aber wir können ja schon mal schaun», meint er. «Wenn dir die Sachen meiner Schwester nicht passen, kannst du dich noch ganz in Ruhe woanders umsehen.»

«Genau», sage ich, und unendliche Zufriedenheit macht sich in mir breit. Genüsslich lasse ich noch einen Löffel Eis mit Sahne auf meiner Zunge zergehen, dann frage ich: «Wo hast du denn Ski fahren gelernt?»

Ein träumerischer Ausdruck schleicht sich in seine dunklen Augen. «In den Karpaten, schon als kleiner Junge. Angeblich soll ich bereits als Dreijähriger vor meinem Vater auf dessen Skiern gestanden haben und mit ihm die Abhänge runtergesaust sein.»

«Klingt gut», meine ich und greife nach meiner Kakaotasse.

Können Vampire Ski fahren? Wäre eigentlich der ideale Sport für sie: Sobald sie hinzufallen drohen, verwandeln sie sich in Fledermäuse und schweben davon, statt sich die Knochen zu brechen. Echt krasse Vorstellung.

Zum x-ten Mal schiele ich zwischen den Gitterstäben

der Treppe hindurch, und wieder sehe ich nur die breiten Rücken der betagten Ladys. Verdammt noch eins, das ist ja zum Mäusemelken!

«Also, bei uns im Spessart kann's noch 'ne Weile dauern mit dem Schnee, vielleicht sogar bis Januar», erkläre ich in möglichst entspanntem Ton. «Aber in Siebenbürgen ist das sicher anders.»

Vladimirs Augen leuchten. «O ja, und ob. In den Karpaten liegt fast das ganze Jahr über Schnee. Die Gipfel des Gebirgszuges Transfagarasan zum Beispiel sind über 2600 Meter hoch. Eine Passstraße führt dort hinüber. Aber die ist nur im Juni und Juli zugänglich, weil sonst immer alles zugeschneit ist. Und genau auf der Passhöhe liegt ein See. Wunderschön ist es dort.» Sein Gesicht bekommt wieder diesen träumerischen Ausdruck. Und ich überlege, wie es wohl sein könnte dort oben auf dem Transfagarasan, Arm in Arm mit *ihm* …

Da fällt sein Blick auf die Uhr. «Oh, schon zehn vor fünf! In ein paar Minuten muss ich zu Hause sein, leider. Hab meiner Mutter nämlich versprochen, mit ihr die letzten Umzugskisten auszupacken. Und dann muss ich noch Physik pauken.»

Ja, das wollte ich eigentlich auch.

Er steht auf, um möglichst auffällig der Bedienung zu winken, und ich reagiere blitzschnell: Ich recke mich und werfe einen Blick durch das Treppengeländer, über die

Köpfe des nervigen Krampfadergeschwaders, auf den Spiegel.

Und was sehe ich?

Vladimir!

Er wird bis zur Brust von diesem scheußlichen lila Hut verdeckt, und genau vor seinem Gesicht ist ein Metallstab des Treppengeländers. Aber die schulterlangen schwarzen Haare, das blaue Sweatsshirt, die schlanke Figur …

Er ist es. Zweifellos und eindeutig und Gott sei Dank!

Nein, heute haben wir nicht Ende Oktober, heute ist Weihnachten und Ostern gleichzeitig, und in mir drin fangen tausend Englein gleichzeitig an zu singen. Mir fällt nicht nur ein Stein, mir fallen die ganzen Karpaten vom Herzen. Und die Alpen noch dazu. Glücklich sacke ich in meinem Stuhl zusammen.

Die Kellnerin bewegt sich in unsere Richtung, und Vladimir setzt sich wieder hin. Er trinkt den letzten Schluck seines Cappuccinos, dann ist die Bedienung bei ihm und kassiert.

«Beim nächsten Mal lade ich aber dich ein», erkläre ich. In Anbetracht der Tatsache, dass der November nicht mehr allzu fern ist und es an jedem Monatsersten frisches Taschengeld gibt, ist das ein durchaus realistisches Angebot.

Er lächelt mich wieder an, und mein Herz schmilzt

dahin wie der Rest von dem Vanilleeis in unserem Becher. «Oh, gerne. Vorher kommst du aber erst mal zu uns, wegen der Skiausrüstung und so. Wann hast du Zeit?»

Ich überlege kurz. «Schon morgen Nachmittag, wenn du magst.»

«Alles klar, dann kann ich», meint er. «Zufällig will meine Mutter morgen ohnehin eine Albiniza backen. Die wird dir schmecken, glaube ich.»

Eine Albiniza, aha. Was ist denn das?, überlege ich.

Na, morgen Nachmittag werd ich 's ja wissen.

Vor dem Eiscafé sagen wir uns auf Wiedersehen. Verträumt sehe ich ihm nach, wie er mit eiligen Schritten die Straße entlanggeht. An der Ecke bleibt er nochmal stehen und winkt mir zu.

Was für ein gut aussehender Junge er doch ist!

Als ich ihn nicht mehr sehen kann, schaue ich auf die Uhr.

Bis der nächste Bus kommt, habe ich noch komfortable siebzehn Minuten Zeit. Prima!

Langsam schlendere ich in Richtung Haltestelle und denke dabei über alles nach, was ich heute erfahren habe. Also: Er scheint ganz gut Ski fahren zu können. Das ist nicht gerade ein vampirtypischer Sport, aber vermutlich neutral zu bewerten.

Und er hat ein Spiegelbild. Ganz eindeutig, hurra,

hurra! Außerdem verträgt er Licht, das ist ja wohl sonnenklar.

Liebe Luisa, liebe Connie, liebe Valerie, wenn dieser nette Kerl ein Vampir ist, dann fress ich glatt vier Holzpflöcke samt Hammer, so wahr ich Laura Fiore heiße.

4
Auf dem Weg in die Unterwelt

«Na, wie ist's gelaufen?», will Luisa wissen.

Es ist kurz nach halb acht, und meine drei Freundinnen waren schon wieder vor mir in der Schule. Jetzt hocken sie um mich herum, gespannt wie die Flitzebögen.

Ich wippe mit meinem Stuhl und zögere die Antwort ein bisschen hinaus. Es sieht nämlich ziemlich lustig aus, wie sie aufgeregt um mich herumsitzen, Connie mit aufgeschlagenem Notizblock, Valerie hektisch auf ihrem Kaugummi herumkauend …

Endlich erbarme ich mich doch. «Er hat ein Spiegelbild, ganz klar und eindeutig.»

Connie überfliegt ihre Notizen, dann hakt sie einen Punkt ab. «Immerhin etwas. Aber wir waren uns ja einig, dass das *gar nichts* heißen muss. Ihr wisst schon: moderne Vampire und so.»

Ich seufze leise. Ja, sie hat leider Recht. Das ist mir gestern Abend auch klar geworden, als sich meine Euphorie ein bisschen gelegt hatte und ich nochmal in Ruhe über alles nachdenken konnte.

Ehrlich gesagt, hab ich vor lauter Vladimir total vergessen, für den Physiktest zu lernen. Aber der wird schon irgendwie hinhauen, hoffe ich.

«Und weiter?», fragt Luisa gespannt.

Ich zucke die Achseln. «Er scheint ganz gut Ski fahren zu können.»

«Nicht gerade typisch für einen Vampir», stellt Connie fest, aber sie kritzelt etwas auf ihr Blatt.

«Eben», bestätige ich. «Außerdem will er mit mir eine echte siebenbürgische Albiniza essen, wenn ich ihn *heute Nachmittag* besuchen gehe.»

«Bingo!», ruft Luisa aus und klatscht vor Freude in die Hände.

In diesem Moment kommen ein paar Mädels in die Klasse, und meine Freundinnen rücken näher an mich heran.

«Wie hast du das denn so schnell hingekriegt?», fragt Valerie leise.

Triumphierend grinse ich sie an. «Er möchte mir, wenn Schnee liegt, das Skifahren beibringen. Und dafür will er mir die alte Skiausrüstung seiner Schwester ausleihen. Aber die muss ich erst mal anprobieren, und das geht natürlich nur bei ihm zu Hause.»

«Arme Laura», bedauert mich Luisa grinsend. «Wo du doch Ski fahren so furchtbar hasst.»

Na, zusammen mit Vladimir stelle ich mir das Ganze gar nicht mehr so schlimm vor. Vor meinem inneren

Auge sehe ich uns beide einen verschneiten Abhang hinuntergleiten, er mit seinen eleganten Bewegungen voraus, ich hinterher. Alles bei Tageslicht, natürlich!

Meine Freundinnen reißen mich erbarmungslos aus meinen Tagträumen.

«Weißt du überhaupt, wo er wohnt?», fragt mich Valerie.

Ich schüttele den Kopf. «Nein, das hat er mir noch gar nicht gesagt. Macht aber nichts, ich seh ihn ja gleich wieder.»

Jetzt kommt *er* tatsächlich herein, und für mich geht die Sonne auf. Er strahlt mich an; ich lächle zurück und hebe grüßend die Hand.

Auch meine Freundinnen nicken ihm freundlich zu, was ihn, seinem Gesichtsausdruck nach zu urteilen, ein bisschen zu wundern scheint.

Von ihrem Verhalten ermutigt, macht er einen Schritt in meine Richtung. Doch da fasst ihn ein Typ aus dem Fußballclub an der Schulter und fragt ihn irgendwas. Die beiden fangen an zu reden, ihrer Gestik nach zu urteilen natürlich über Fußball.

Na gut, da kann man nichts machen. Ich werde ihn halt in der Pause nach seiner Adresse fragen.

«Hallo», sagt Vladimir. Endlich ist große Pause, wir drängen hinaus auf den Schulhof, und irgendwie hat er es geschafft, in dem wilden Schülerhaufen genau neben mir zu landen.

Ausnahmsweise ist heute schönes Wetter. Die Sonne strahlt vom knallblauen Himmel, aber ein leiser Wind weht und lässt die bunten Blätter der alten Kastanie auf den Asphalt des Schulhofes sinken. Nebeneinander schlendern wir unter den großen Baum und setzen uns auf die glücklicherweise leere Bank.

«Na, wie fandest du den Physiktest?», frage ich ihn.

«Oh, war eigentlich ganz easy», erklärt er. «Ich hab mich gestern Abend nochmal 'ne Stunde zum Lernen hingesetzt. Das hat geholfen, glaube ich. Jedenfalls hab ich ein gutes Gefühl.»

Ich seufze. Schön für ihn. Ich kann diesmal nicht auf eine gute Note hoffen, denn ich hatte schlicht und ergreifend null Ahnung. Bei den meisten Fragen hab ich einfach nur irgendwas geschrieben. Vielleicht krieg ich ja 'ne Vier, mit Glück.

Aber eigentlich finde ich das im Moment gar nicht so wichtig.

Denn jetzt sitze ich hier, ganz nahe bei ihm, und ohne Zweifel wäre ich überglücklich, wenn da nicht diese nervige innere Stimme wäre, die mir pausenlos zuflüstert: «Vorsicht! Vampir, Vampir …»

«Bleibt's bei heute Nachmittag?», frage ich ihn.

Er strahlt mich an. «Na klar. Ich hab schon mit meiner

Schwester gesprochen. Sie hat nichts dagegen, dir ihre alte Skiausrüstung zu leihen. Jetzt müssen wir nur noch sehen, ob sie dir auch passt.»

«Wenn ich zu dir kommen soll, muss ich aber wissen, wo du wohnst», ergänze ich.

Er greift sich an den Kopf. «Oh, wie konnte ich das vergessen? Also, unser Haus steht im Weinbergweg Nr. 16.»

Bei seinen letzten Worten muss ich schlucken. Ausgerechnet der Weinbergweg! Die enge Einbahnstraße liegt am Rand der Altstadt. Sie führt, wie ihr Name schon sagt, direkt hinauf in die Klingenberger Weinberge, und dort steht eine alte Villa neben der nächsten!

Wieder fällt mir der Traum von gestern Nacht ein: der verwilderte Garten, das alte Gemäuer im Mondlicht, die unheimliche Figur an der Mauer …

Vorsicht, Laura, lass dir bloß nichts anmerken!

«Ist gebongt», sage ich entschlossen und lächle ihn so entspannt wie möglich an. Aber in mir drin tobt der Sturm. Denn vor meinem inneren Auge sehe ich mich in diesem fürchterlichen Albtraum, wie ich in sein Zimmer hineinschaue, und sein Bett ist – *leer*!

Es ist fünf vor drei, als mein Bus durch die fürchterlich enge Klingenberger Hauptstraße tuckert und schließlich die Haltestelle erreicht, die nur ein paar Schritte von der

Abzweigung zum Weinbergweg entfernt liegt. Meine Stimmung schwankt gefährlich zwischen Vorfreude und Angst. Denn trotz der grausigen Sache mit dem Vampir kann ich mir einfach nichts Schöneres vorstellen, als mit Vladimir Kaffee zu trinken, diese ominöse Albiniza zu essen und einfach nur mit ihm zusammen zu sein.

Andererseits zerbreche ich mir seit Stunden den Kopf darüber, wie ich noch bei Tageslicht aus seinem Haus entkommen kann, ohne dass er Verdacht schöpft.

Na gut, ich werd ihm halt einfach erzählen, dass ich mit meinen Hausaufgaben nicht fertig geworden bin. Eine bessere Ausrede fällt mir leider nicht ein. Und sie kommt der Wahrheit ziemlich nahe, denn ich bin so grauenhaft aufgeregt, dass ich eben am Schreibtisch nicht besonders viel zustande gebracht hab.

Und dann meine Mutter! Beim Mittagessen hat sie mich die ganze Zeit über so komisch-misstrauisch-prüfend angesehen. Beim Nachtisch ist sie endlich mit der Sprache rausgekommen: Warum ich denn in den letzten Tagen so komisch wäre, wollte sie wissen. Entweder ich sei völlig übernervös oder total bedrückt – eben alles, nur nicht normal.

Okay, ich war ja schon auf so was vorbereitet. Also hab ich voll gelogen: dass ich am Wochenende meine Tage kriegen würde und dass ich diesmal so schlimm unter dem so genannten prämenstrualen Syndrom leiden würde wie schon lange nicht mehr, und dass es wohl das Beste sei, wenn sie mich einfach in Ruhe ließe.

Da hat sie nichts mehr gesagt, sondern einfach nur verständnisvoll genickt. Man versteht sich eben, unter Frauen.

Und ich hab mich total mies gefühlt. Es macht mir nämlich überhaupt keinen Spaß, meine Eltern zu belügen. Aber soll ich meiner Mutter denn wirklich erzählen, dass ich mich wahrscheinlich … vielleicht … in einen Vampir verliebt habe?

Ich sag's ja: Bungeespringen ist ein Klacks gegen das, was ich durchmachen muss!

Na gut, heute Abend hab ich vielleicht bessere Nerven. Je nachdem, was gleich bei dem Besuch herauskommt.

Jetzt öffnet der Bus seine großen Türen, ich steige aus und setze mich in Marsch.

Die so genannte Klingenberger Hauptstraße ist wirklich eine Sache für sich. Sie wurde im vorletzten Jahrhundert angelegt, als noch keiner ernsthaft über Autos nachdachte. Und seitdem hat man an der uralten Straße nicht mehr viel verändert. Schon wenn sich zwei normale PKW entgegenkommen, wird's eng mit dem Platz, und wenn eines der Autos auch noch ein Lastwagen oder ein Bus ist, muss es notgedrungen auf den Bürgersteig ausweichen. Deshalb gehe ich jetzt ganz eng an den von den vielen Abgasen ergrauten Häuserwänden entlang.

Überhaupt: Wenn die Autos nicht wären, würde man sich hier immer noch fühlen wie zu Urgroßmutters Zeiten. Denn die Gebäude zu beiden Seiten der Straße sind mindestens hundert Jahre alt.

Es sind richtige Villen. Das heißt, sie waren es mal. Heute möchte hier nämlich kaum noch jemand wohnen, eben wegen der Autos und der Abgase und dem ständigen Krach. Viele Häuser stehen leer; schmutziger Putz blättert von den Mauern, graue Gardinenfetzen hängen hinter dreckigen Fensterscheiben, und einst kunstvoll geschmiedete Balkongitter gammeln rostend vor sich hin.

Das ist eine wenig erheiternde Stimmung. Und die Tatsache, dass sich der Herbsthimmel jetzt wieder regengrau verfärbt hat, macht mich auch nicht gerade fröhlich.

Mit schnellen Schritten biege ich in den Weinbergweg ein.

Hier ist es plötzlich ruhig und sauber, und die Villen, die auch hier rechts und links der Straße stehen, sind bestens renoviert und gepflegt. Im Weinbergweg wohnen nämlich immer noch die reichen Leute unserer kleinen Stadt, und zu denen gehören Vladimir und seine Familie wohl auch.

Eigentlich kein Wunder, wo sein Vater eine eigene Spedition mit guter Auftragslage besitzt, überlege ich. Trotzdem hätten die Krestels nicht unbedingt in ein Viertel voller unheimlicher alter Villen ziehen müssen …

Mein Herz klopft jetzt noch schneller, denn vor meinem inneren Auge erhebt sich wieder die riesige, düstere Villa aus meinem Traum. Diesmal allerdings bei Tageslicht. Ein teurer Mercedes steht davor, und ein livrierter Chauffeur steigt aus. Er öffnet eine der hinteren Türen der vornehmen Karosse, und Vladimir kommt heraus, einen teuren Kaschmirmantel lässig über die Schultern geworfen.

Erschrocken bleibe ich stehen.

Okay, Laura, jetzt ist deine Phantasie mit dir durchgegangen. Sooo schrecklich vornehm werden die Krestels schon nicht sein. In der Schule benimmt sich Vladimir doch absolut normal. Außerdem trägt er alles andere als superteure Klamotten.

Ich gebe mir einen Ruck und gehe weiter.

Zwischen den großen, piekfeinen Häusern komme ich mir unnatürlich klein vor. Fast habe ich das Gefühl, als würden mich die hohen Häuser mit ihrer altertümlichen Pracht erdrücken. An der Villa rechts von mir zum Beispiel stützt die Figur eines enorm muskulösen Riesen einen marmornen Balkon ab. Der große Kerl scheint zu stöhnen und sich zu winden unter dem Gewicht der schweren Steine, die ihn unbarmherzig niederdrücken. Auf dem Haus daneben sind über jedem Fenster steinerne Gesichter mit aufgerissenen Mäulern und langen, wirren Haaren angebracht. Ihre großen Augen starren mich an; sie sehen aus, als würden sie schreien, mir etwas zurufen ...

Gaaanz ruhig, Laura. Es kann nicht mehr weit sein. Das Haus mit diesen grässlichen Fratzen hat immerhin schon die Nummer zehn.

Nummer zwölf liegt ein wenig abseits von der Straße. Es hat eine prunkvolle Eingangstreppe, und protzige weiße Säulen flankieren die hohe Tür.

Nummer vierzehn sieht aus wie eine Ritterburg in Miniatur, mit Türmchen, spitzbogigen Fenstern und einem zierlichen Erker, aus dem jeden Moment ein Burgfräulein herauswinken könnte.

Das wird ja immer doller! Ob ich mich in Vladimirs edles Anwesen überhaupt hineintrauen kann? Vielleicht werde ich ja am Eingangstor von einer Kamera erfasst, oder eine riesige Bulldogge rennt bellend und sabbernd auf mich zu.

Tief in mir drin warnt mich eine Stimme: Am besten, du machst auf dem Absatz kehrt und läufst so schnell wie möglich nach Hause!

Aber ich gehe trotzdem weiter.

Das Haus Nummer sechzehn liegt ganz nahe an den Weinbergen. Ich recke den Hals, um zu sehen, in welch grausigem Gemäuer Vladimir wohl hausen mag.

Und dann atme ich auf. Das Haus ist nämlich funkelniegelnagelneu! Zwar ist es ziemlich groß, und luxuriös ist es auch, aber es ist noch nicht verputzt, der Garten ist nicht fertig angelegt, und Bausand liegt auch davor. Eine niedrige Mauer zieht sich um das große Grundstück, und oben drauf befindet sich ein Zaun aus spitzen Eisenpfählen. Aber eine Kamera ist nirgendwo zu sehen, und ein zähnefletschender Killerköter auch nicht.

Im Gegenteil: Das Tor steht einladend offen.

Na also. Vladimir und seine Leute können gar keine Vampire sein, sonst wären sie ja in einen der unheimlichen alten Kästen nebenan gezogen. Denn wo, wenn nicht dort, würden sie wohl die geeigneten Vampirgrüfte finden?

Zum letzten Mal gebe ich mir einen Ruck und spaziere über den frisch gepflasterten Weg zur Haustür.

Der Klingelton ist schön, geradezu lieblich. Aber was hab ich auch erwartet? Ein unheimliches Stöhnen vielleicht oder grauenvolles Kreischen?

Schon höre ich Schritte, und durch die Tür, die zum Teil aus Glas besteht, erkenne ich Vladimir. Mein Herz schlägt einen wilden Trommelwirbel, die Tür geht auf, und ehe ich nachdenken kann, liege ich in seinen Armen und presse mich an ihn.

Auch er drückt mich an sich und streift mit seinem Mund und seiner Wange zärtlich über mein Haar.

Da stehen wir nun, eng umschlungen, und ich bin so überglücklich, dass es mir im Moment beinahe gleichgültig ist, ob er ein Vampir ist oder ein Werwolf oder was sonst noch die Berge und Wälder Transsylvaniens unsicher machen könnte.

Irgendwann (ist es fünf Minuten her oder eine halbe Stunde?) höre ich Schritte auf dem Flur. Wir lassen einander los, doch Vladimir legt mir seinen linken Arm um die Schulter.

Und dann bleibt mir fast die Luft weg. Denn die Lady, die jetzt auf uns zukommt, sieht einfach toll aus. Sie ist gertenschlank und hat pechschwarze, hüftlange, lockige Haare. Zwar ist sie nicht geschminkt und trägt nur Jeans, einen Rollkragenpulli und einfache, flache Schuhe. Aber ihre ganze Erscheinung ist wunderschön, und jede ihrer Bewegungen verrät, dass sie eine echte Dame sein muss. Und mit Sicherheit ist sie Vladimirs Mutter, denn sie hat eindeutig die gleichen katzenhaft eleganten Bewegungen wie er.

Als sie näher kommt, erkenne ich, dass sie auch seine großen dunklen Augen und die gleiche schmale, gerade Nase hat wie ihr Sohn. Nur ihre Lippen sind voller als seine.

«Hallo, Laura», sagt sie mit einer weichen, tiefen Stimme und dem gleichen rollenden Rrr wie ihr Sohn. Sie lächelt mir freundlich zu und gibt mir ihre schmale Hand mit den langen Fingern. «Ich bin Regina, Vladimirs Mutter.»

Vorsichtig ergreife ich ihre Hand und drücke sie schüchtern.

«Guten Tag», sage ich etwas steif. Hoffentlich merkt sie mir nicht an, wie verlegen ich bin!

Vladimir jedenfalls scheint es zu spüren, denn er streichelt ermutigend, aber unauffällig meine Schulter.

Dann gehen wir durch den Flur in ein großes, gemütliches Wohnzimmer. Ein riesiges Fenster, das hinaus in den Garten zeigt, lässt sogar an einem so trüben Tag wie heute viel Licht herein. Drinnen stehen helle Kiefernmöbel: ein großer Schrank, eine Vitrine und ein flacher Tisch, um den herum sich dunkelrote Sessel und ein ebensolches Sofa gruppieren. Im Hintergrund sehe ich einen gedeckten Tisch.

«Dann werde ich euch mal alleine lassen», meint Vladimirs Mutter und verlässt auch gleich den Raum.

Ich schaue ihr nach. «Du hast dir aber eine schöne Mutter ausgesucht», stelle ich bewundernd fest.

Er lächelt, und man sieht ihm an, wie stolz er auf sie ist. «Sie hat lange als Model gearbeitet», erklärt er.

Wir gehen hinüber zu dem gedeckten Tisch, und dabei bleibt mein Blick an einem großen Bild an der Wand hängen. Das heißt: Eigentlich ist es gar kein Bild, sondern ein dunkelroter, mit Buchstaben bestickter, gerahmter Stoff. Und darauf steht in großen Lettern: «Siebenbürgen, süße Heimat!»

«Ihr müsst ja ganz schön Heimweh haben», stelle ich fest. Beinahe tun mir die Krestels ein bisschen leid.

Vladimirs Augen sind meinem Blick gefolgt, und er lächelt leicht amüsiert. «Na, so schlimm ist es auch wieder nicht. Solche gestickten Texte sind eine alte Tradition bei uns. Sie hängen in fast jedem Wohnzimmer von Siebenbürger Deutschen, vor allem, wenn sie älter als vierzig Jahre sind.»

Wir setzen uns hin, und Vladimir gießt mir Kakao ein. Ich lasse meinen Blick neugierig über den Tisch schweifen und finde auch gleich die besagte Albiniza. Sie ist ein flacher brauner, mit Puderzucker bestreuter und in kleine Stücke geschnittener Kuchen. An ihren Seiten kann ich sehen, dass sie abwechselnd mit einer weißen Creme und einer dunklen Marmelade gefüllt ist.

Vladimir schiebt ein Stückchen davon auf den Tortenheber, balanciert es vorsichtig zu meinem Teller und lädt es dort ab. Dann nimmt er sich auch eines.

«Die helle Füllung besteht aus Grieß und Vanille, und die dunkle aus Pflaumenmus», erklärt er.

Ich probiere gespannt, dann mache ich laut: «Hmmm!» Denn die Albiniza schmeckt zwar ein bisschen fremd, aber auch richtig gut.

Wir reden über dies und das, über den Physiktest und die Englisch-Hausaufgaben und darüber, wie es Vladimir in dem neuen Haus gefällt.

«Ich war ziemlich sicher, dass du in einer alten Villa wohnst», meine ich. «Bei all den Prachtbauten, die hier so rumstehen …»

Er nickt. «Als wir das Grundstück gekauft haben, stand hier auch noch so ein uralter Kasten. Aber leider war er total verfallen und beim besten Willen nicht mehr zu retten. Wir mussten ihn abreißen lassen und haben dann dieses neue Haus gebaut.»

Nachdenklich blickt er hinaus in den Garten, der an seiner hinteren Seite ohne Mauer oder Zaun in den mit Büschen und Bäumen bestandenen Hügel übergeht. Über dem Gürtel aus Gestrüpp liegen die Weinberge, und von ganz oben schaut malerisch die Klingenburg auf uns herunter.

«Sag mal», meint er dann, das Thema wechselnd. «Hast du am Freitagabend schon was vor?» Gespannt schaut er mich an.

«Nein, hab ich nicht», erkläre ich.

Er lächelt wieder und sieht dabei glatt ein bisschen erleichtert aus. «Es ist nämlich so: Oliver, also der Bruder von deiner Freundin Luisa, hat doch am Freitag Geburtstag. Und Luisa ist angeblich eine echt gute Hobbyköchin, jedenfalls will sie an diesem Abend ein ganzes Menü für seine Fete kochen. Heute Morgen hat mich Oliver dazu eingeladen, und er meint, ich dürfe ruhig jemanden mitbringen. Da dachte ich …, dass du vielleicht …?»

Klar will ich. Denn wenn er mich mit auf eine Feier bei einem seiner neuen Freunde mitnimmt, dann bedeutet das ungefähr so viel wie, dass er endgültig und ganz offen mit mir gehen will!

O Mann, ich kann's nicht fassen. Wie schnell das gegangen ist! Vor einer Woche haben wir uns noch gar nicht gekannt, und jetzt ... Also, er muss sich wirklich Hals über Kopf, mit Haut und Haaren in mich verknallt haben.

Und ich mich in ihn.

«Ja, ich komme gerne mit», antworte ich.

Da nimmt er meine Hände. Er drückt sie ganz lieb und gesteht: «Weißt du, ich hab mich nämlich in dich verliebt. Gleich am ersten Morgen, als ich in eure Klasse gekommen bin, hab ich irgendwie nur dich gesehen.» Er schüttelt den Kopf, so, als könne er es selbst nicht glauben. «So was ist mir noch nie passiert, ehrlich.»

Ich bin total gerührt und bringe mit Mühe hervor: «Ob du's glaubst oder nicht: Auch für mich gibt's seit Montag nur noch *dich.*»

Da steht er auf. Mit zwei großen Schritten geht er um den Tisch herum zu mir und nimmt vorsichtig, ganz zärtlich, mein Gesicht in seine beiden Hände. Seine großen braunen Augen und sein Mund kommen mir immer näher, und dann spüre ich seine weichen Lippen auf den meinen.

Um mich herum dreht sich alles; ich schließe die Augen und fühle nichts außer diesem unglaublichen, unendlich liebevollen Kuss.

Dann, nach einer ewig langen, entsetzlich kurzen Zeit, richtet er sich wieder auf und schaut mich an.

Ich bin so glücklich, dass ich am liebsten laut singen würde.

Ach Vladimir, ich will mich nie wieder von dir trennen. Mit dir würde ich überall hingehen, um die ganze Welt würde ich mit dir fliegen.

Und wenn ich als Fledermaus hinter dir herflattern müsste …?

Bei dem Gedanken kriege ich einen gehörigen Schreck, falle aus allen Wolken und lande unsanft in der Wirklichkeit.

Jetzt höre ich Schritte in der Küche. Jemand öffnet einen Schrank, es klirrt leise, dann rauscht der Wasserhahn. Kurz darauf gluckert und faucht die Kaffeemaschine.

Der Zauber, der über uns beiden lag, ist dahin.

Vladimir scheint das auch so zu empfinden. «Wie wäre es, wenn wir uns jetzt um die Skiausrüstung kümmern?», schlägt er vor.

«Ja, gerne», stimme ich zu.

Wir räumen das Geschirr zusammen. Gemeinsam bringen wir es in die Küche, wo seine Mutter am Spülbecken steht und sich heißen Kaffee in einen Becher füllt. Dann nimmt sie sich ein Stück von der köstlichen Albiniza, die Vladimir gerade hereingetragen hat.

«Wir schauen jetzt mal nach den Skisachen», sagt er.

«Oh», meint sie. «Ich habe ganz vergessen, sie aus dem Keller zu holen. Sie liegen immer noch da unten, in dem vorderen Raum, du weißt schon.»

Was hab ich da gehört? *Keller?!*

Aber das ist ja prima, das ist phantastisch! Aufgepasst, Laura, mit einem bisschen Glück hast du gleich die beste Gelegenheit, um nach den Särgen Ausschau zu halten.

Obwohl ... In so einem modernen Keller, wie ihn dieses neue Haus zwangsläufig haben muss, mag mit Sicherheit selbst der modernste Untote nicht übernachten. Ist ja wohl sonnenklar. Deswegen ist Vladimir auch kein Vampir.

Was es jetzt endgültig und unwiderlegbar zu beweisen gilt.

Strahlend erkläre ich seiner Mutter: «Aber das macht doch nichts. Gehen wir halt runter und kramen die Sachen selber raus.»

Vladimir legt mir den rechten Arm um die Schulter und führt mich aus der Küche in den Flur und zu einer Tür. Leise vor sich hin summend öffnet er sie und steigt vor mir die Treppe hinunter.

Ich will ihm folgen, aber …

O Gott!

Entsetzt pralle ich zurück. Denn was da vor mir liegt, ist keine moderne, breite, gut beleuchtete Treppe, sondern eine uralte, schmale, hölzerne Stiege. Durch einen engen, schlecht beleuchteten Gang führt sie steil nach unten, in die Dunkelheit.

Auweia! Was tu ich nur, was mach ich bloß?

5
Die Nudeln der Wahrheit

Vorsichtig luge ich in das schummerige Halbdunkel.

Vladimir muss schon unten angekommen sein, denn ich kann ihn nicht mehr sehen.

«He, wo bleibst du denn?», ruft er mir zu. Schaurig hallt seine Stimme von den Kellerwänden wider.

Also gut. Sein oder Nichtsein, das ist jetzt keine Frage!

Ich nehme all meinen mickrigen Mut zusammen, mache den ersten Schritt vorwärts und taste mich langsam, sehr vorsichtig, die engen, knarrenden Stufen hinab.

Unten steht Vladimir, einem schwarzen Schatten gleich. Nur schwach wird er von einer elenden rostigen Funzel angeleuchtet, die links von ihm an der Decke hängt.

Ehrlich gesagt: Ich hätte mich auch nicht gewundert, wenn es hier unten nur eine paar blakende Fackeln gegeben hätte.

Immerhin kann ich erkennen, dass der Keller ein halbrundes Gewölbe ist, gemauert aus dem roten Sandstein, den es in unserer Gegend reichlich gibt.

Huch, der Keller ist ja ewig lang! Eine Funzel nach der anderen erhellt einen nicht enden wollenden Gang. Täusche ich mich, oder geht die dunkelrote Mauer nach ein paar Metern in nacktes Gestein über?

Schaudernd schlinge ich die Arme um meinen Oberkörper, denn hier drin ist es kalt. Eiskalt sogar.

O Mann, wo bin ich nur gelandet?

Eine schwere Hand legt sich auf meine Schulter, und erschrocken fahre ich herum.

Vladimir steht neben mir, in diesem grausigen, dämmrigen Halbdunkel. Mit Mühe kann ich erkennen, dass er mich anlächelt, und mit Erleichterung stelle ich fest, dass seine Eckzähne auch jetzt noch nicht spitz und glänzend zwischen seinen Lippen hervorlugen.

«Toller Keller, nicht wahr?», meint er so leise, dass die rauen Wände das Echo seiner Stimme nur ganz schwach zurückflüstern.

Ich starre ihn schweigend an, denn ich kriege beim besten Willen kein Wort heraus.

«Das hier war einmal ein Eiskeller», fährt er fort.

Was man immer noch deutlich spürt, denke ich. So langsam fange ich nämlich vor Kälte an zu zittern.

Er erzählt weiter: «Mindestens 500 Jahre ist dieses Gewölbe alt, das hat mein Vater im Klingenberger Stadtarchiv erfahren. Damals haben Flussfischer den Tunnel aus dem Stein gehauen, weil sie hier drin über den Sommer

Eisblöcke aus dem Main lagern wollten. Mit denen konnten sie sogar bei größter Hitze ihre Fische frisch halten.»

«Wow», sage ich ehrlich beeindruckt, aber leider ein bisschen zu laut, denn sofort hallt meine Stimme schaurig von den Wänden wider: «Wow ... wow ... wow ... wow ...»

Jetzt zittere ich noch mehr, ob vor Kälte oder vor Angst weiß ich selbst nicht so genau.

Liebevoll nimmt mich Vladimir in den Arm. «Du hättest besser deine Jacke mitgenommen», meint er besorgt. «Soll ich nochmal hochgehen und sie für dich holen?»

O nein, lass mich hier bloß nicht alleine!, hätte ich beinahe ausgerufen.

Aber mit ihm hochgehen will ich auch nicht. Dann würden mich nämlich keine zehn Pferde mehr hier runterkriegen. Also schüttele ich nur den Kopf. Ich hab nämlich Angst, dass er meiner Stimme anhört, wie sehr ich mich fürchte.

Trotz des Halbdunkels erkenne ich, dass er die Stirn runzelt, und ich ahne mehr, als dass ich es sehen kann, wie seine Augenbrauen wieder diese typische, durchgehende, zweimal geschwungene Linie bilden.

Am liebsten würde ich wegrennen, die enge, knarrende Treppe hoch, aus dem Haus, zwischen den großen, alten Villen hindurch ... aber wenn ich das wirklich mache, hält mich Vladimir mit Sicherheit für verrückt. Dann brauche ich garantiert nie mehr wieder hierher zu kommen.

Und wenn er gar nicht das ist, was ich befürchte? Dann hätte ich völlig ohne Grund durch meine dumme Hysterie die Liebe meines Lebens kaputtgemacht. Ich muss mich zusammenreißen, koste es, was es wolle.

Nur Mut!, sage ich mir. Bisher ist doch noch gar nichts passiert.

Jetzt lösen sich die beiden geschwungenen Bögen über Vladimirs Augen wieder auf, und er lächelt. «Das mit der Jacke ist eigentlich gar nicht nötig. Du wolltest ja eh die Skisachen anprobieren. Falls dir der Anorak passt, kannst du ihn gleich anbehalten. Ich möchte dir nämlich gerne den ganzen Keller zeigen. Der ist echt toll; über hundert Meter tief geht er in den Felsen hinein, und rechts und links hat er noch ein paar Seitenräume. Unglaublich, was die Leute früher geschafft haben, ganz ohne Maschinen, nur mit Spitzhacken und Schaufeln. Also, hast du Lust auf die Besichtigung?»

Den *ganzen Keller* will er mit mir inspizieren? Ehrlich?

Da muss ich Lust haben, ob ich will oder nicht. So eine Gelegenheit, nach den Särgen zu suchen, kriege ich nie wieder!

«Aber ja doch», erkläre ich. Leider klingt meine Stimme längst nicht so begeistert, wie sie sollte. Denn in mir drin klingeln sämtliche Alarmglocken. Was ist, wenn Vladimir irgendwo in diesen versteckten Gängen über mich herfällt und mir seine Zähne in den Hals schlägt?

Vorsichtshalber werfe ich noch einmal einen prüfenden Blick auf seinen Mund.

Uff! Immer noch keine scharfen Spitzen zu sehen.

Jetzt nimmt er mich bei der Hand. Er führt mich in den spärlich beleuchteten Gang. Dann biegt er rechts ab, hinein in eine stockdunkle Höhle, und plötzlich flammt ein Licht auf, ein richtig helles diesmal, zu meiner unendlichen Erleichterung. Es stammt von einer nagelneuen Lampe, die an der frisch getünchten, halbrunden Decke eines niedrigen Raumes baumelt.

Ich sehe mich um. Rechts von mir steht ein Regal mit Büchsen, Kartons und allerlei frischen Sachen zum Essen. Muss wohl eine Art Vorratskammer sein. Ist eigentlich auch logisch. Wo, wenn nicht in dieser Hundekälte, ließe sich sonst so gut frisches Obst und Gemüse lagern?

Hinter dem Regal stehen ein paar volle Umzugskisten.

«Das ist unser Vorratskeller», erklärt mir Vladimir überflüssigerweise, und seine Stimme hallt gnadenlos von den Wänden in dem Gang hinter uns wider. «Er ist hier unten der einzige Raum, der schon vollständig renoviert ist. Was die übrigen angeht, wissen wir noch nicht so recht, was wir mit ihnen machen sollen. Meine Mutter, meine Schwester und ich meinen, dass wir sie zumindest teilweise in einen Partykeller umwandeln sollten.»

Oder in ein Gruselkabinett?, fährt es mir durch den Kopf.

Vladimir spricht nicht sofort weiter, sondern blickt nachdenklich zu Boden. Dann meint er: «Aber mein Vater ist dagegen, leider.» Er sieht mich wieder an. «Jetzt schauen wir erst mal nach der Skiausrüstung. Du siehst ja total durchgefroren aus.»

Schnell geht er zu einer der Kisten, öffnet sie, schaut kurz hinein und schüttelt den Kopf. «In dieser ist sie nicht.»

Er wendet sich der nächsten zu, dann der übernächsten. Währenddessen stehe ich in der Mitte des eiskalten Raumes, schlinge die Arme um meinen Oberkörper und friere zähneklappernd vor mich hin.

Jetzt schaut er in die vierte Kiste und meint erfreut: «Bingo!»

Er zieht einen silbernen Anorak und eine ebensolche Skihose heraus und kramt noch ein wenig herum, bevor er ein Paar Skistiefel zutage fördert.

Inzwischen hab ich mir schon den Anorak angezogen. Er sitzt wie angegossen, na prima! Und schön warm ist er auch.

Schnell schlüpfe ich in die Skihose. Von der Weite passt sie wunderbar, aber sie ist mir ein bisschen zu lang. Na, macht auch nichts, die kann man ja umkrempeln.

Bestimmt ist seine Schwester auch so eine superschlanke, dunkelhaarige Schönheit wie seine Mutter ... und wie er selbst. Komisch eigentlich, dass er sich ausgerechnet in mich verknallt hat! Ich bin zwar auch schlank und, okay, bestimmt nicht hässlich, aber garantiert nicht halb so faszinierend elegant wie Vladimir und seine Mutter.

Trotzdem strahlt aus seinen Augen gerade jetzt so etwas wie Bewunderung. «Die Sachen passen prima, und sie stehen dir auch gut», meint er. «Du siehst aus wie ... wie eine Prinzessin vom anderen Stern.»

Ich muss lachen und kriege prompt einen Schrecken, weil meine Stimme gnadenlos von den Wänden des Ganges zurückgeworfen wird. Schnell ziehe ich die Hose wieder aus. Die Jacke behalte ich natürlich an.

Vladimir zeigt in die Ecke hinter mir, wo vier Paar Skier an der Wand lehnen. «Die leihen wir dir auch, wenn endlich mal Schnee liegt.»

«Super», meine ich.

Liebevoll nimmt er meine Hand und zieht mich hinaus aus dem hellen, sicheren Raum, zurück in den schummerigen, endlos langen Gang. Dann dringen wir tiefer und tiefer in die Klingenberger Unterwelt vor.

Ich bin echt froh, dass ich die warme Jacke anbehalten habe, denn es wird immer kälter, je weiter wir in den Berg hineingehen. Hier und da zweigen Räume von unserem Weg ab, und Vladimir zeigt sie mir alle. Langsam kriege ich wirklich Spaß an der Sache. Unsere Besichtigungstour entwickelt sich nämlich mehr und mehr zu einem kleinen Abenteuer. Immer wieder gibt es etwas zu entdecken: Hier finden wir eine spitz zulaufende Nische in der Wand, die, wie Vladimir sagt, für Lampen gedacht war und mindestens fünfhundert Jahre alt ist. Dort steht ein Trog, in dem früher Schweinefleisch eingesalzen und gelagert wurde, dann wieder sehen wir ein paar alte, kaum noch lesbare Worte, die jemand vor Urzeiten in den Felsen geritzt haben muss. Obwohl mir immer noch ein wenig mulmig zumute ist, schaue ich jetzt neugierig in jede dunkle Ecke. Fast komme ich mir vor wie Indiana Jones auf der Jagd nach einem geheimnisvollen Schatz.

Doch dann, ich weiß nicht, wie lange wir schon unterwegs sind, kommen wir an das Ende des langen Ganges – oder wenigstens an das Ende seines zugänglichen Teils. Denn wir stehen nicht etwa vor der nackten Felswand, sondern vor einem hohen, hölzernen Tor, das von einem Riegel verschlossen wird.

Und an diesem Riegel hängen gleich drei Vorhängeschlösser.

«Was ist das denn?», frage ich misstrauisch.

In dem schlechten Licht kann ich Vladimir mal wieder nicht deutlich sehen, und so ahne ich nur, dass er die Achseln zuckt. «Hinter der Tür ist noch ein recht großer Raum», erklärt er. «Aber die Decke ist einsturzgefährdet. Sie war schon mit Holzbohlen abgestützt, als wir das Grundstück gekauft haben. Als mein Vater und der Architekt zum ersten Mal dort drin waren, ist trotzdem prompt ein Felsen heruntergefallen und hat meinen Vater voll erwischt.»

«Ach du meine Güte!», entfährt es mir laut. Zu laut, denn unbeirrbar flüstern die Wände zurück: «Meine Güte … meine Güte … meine Güte …»

«Ich werde nie vergessen, wie der Architekt aus dem Keller gerannt kam, total voller Staub und voller Blut, weil er eine Platzwunde an der Stirn hatte», erinnert sich Vladimir bedrückt. «Die Feuerwehr und der Rettungsdienst haben meinen Vater mit vereinten Kräften hier rausgeholt, denn der Felsbrocken hatte ihm beide Beine gebrochen. Die Geschichte stand sogar in der Tageszeitung. Vielleicht hast du's ja gelesen; ziemlich genau ein Jahr ist das jetzt her.»

Frustriert schüttele ich den Kopf. Nein, hab ich nicht. Wenigstens kann ich mich nicht daran erinnern. Dabei schaue ich doch fast jeden Morgen in unser gutes, altes Tageblatt mir dem wohlklingenden Namen *Main-Echo*. Na ja, zugegeben: nicht unbedingt in den Lokalteil.

Auf jeden Fall hab ich das ungute Gefühl, als wäre hinter diesem so sorgsam verschlossenen Tor alles andere als eine Höhle mit brüchiger Decke.

Vor meinem inneren Auge formt sich das Bild eines gewölbten Raumes. Nur ein paar blakende Kerzen spenden schwaches Licht, und sie werfen zuckende Schatten auf vier schwarze, schwach glänzende Särge …

Vladimir macht sich auf den Rückweg, und mit weichen Knien schleiche ich hinter ihm her, zurück durch den langen Gang zur Treppe. Als er mir den Arm um die Schulter legen will, weiche ich ihm aus.

«Was hast du denn?», fragt er mich erstaunt.

«Also ehrlich: Nach dem, was ich da hinten gesehen und gehört habe, bin ich froh, wenn wir hier raus sind», erkläre ich leise. Und was ich sage, ist nicht mal gelogen.

«Glaubst du im Ernst, ich würde mit dir hier runtergehen, wenn ich dich dadurch in Gefahr bringen würde?», fragt er mit einem ziemlich fassungslosen Unterton in der Stimme. «Der gefährliche Teil des Kellers ist doch abgesperrt, und der Rest ist wirklich absolut sicher.»

Ich nicke nur.

Und dann sind wir endlich an der Treppe angekommen. Ich steige die schmale Stiege hinauf und bin endlich, endlich zurück in der Welt des Lichtes und der Lebenden.

Durch die offene Küchentür fällt mein Blick auf die große Uhr über dem Spülbecken. «Oh, schon so spät!», rufe ich ehrlich erstaunt aus.

Draußen wird es auch schon langsam dämmrig!

«Du, tut mir leid, aber ich muss jetzt unbedingt nach Hause», erkläre ich so ruhig wie möglich. «Bin nämlich noch nicht mit den Hausaufgaben fertig. Mein nächster Bus geht in zehn Minuten. Schade eigentlich …»

Er lächelt verständnisvoll und meint: «Na, dann mach dich mal auf den Weg!»

Ich tausche den Anorak seiner Schwester gegen meine Jacke und kann nicht verhindern, dass auch er seinen Mantel anzieht, um mich zu begleiten. Hand in Hand gehen wir durch die enge Straße, vorbei an den alten, hochherrschaftlichen Häusern, die jetzt, bei einbrechender Dunkelheit, noch unheimlicher aussehen als am frühen Nachmittag. Zum Glück sind wenigstens ein paar Leute draußen. Ein Mann mit einer Aktentasche in der Hand eilt mit schnellen Schritten an uns vorbei. Eine Frau wischt den mit steinernen Blumenranken umgebenen Eingang ihres Hauses, und vier Kinder spielen in einem Vorgarten Fußball.

Ein Glück! Im Moment möchte ich nämlich alles andere, als mit Vladimir im Dämmerlicht alleine zu sein. Ich bin heilfroh, als wir endlich an der Hauptstraße angekommen sind.

Da biegt schon der Bus um die Ecke. «Tschüs, bis morgen», sage ich, umarme ihn kurz, aber herzlich, und drücke ihm einen schnellen Kuss auf die Wange. Dann renne ich los.

Schnaufend springe ich in den Bus, sinke auf einen freien Platz und winke Vladimir zu, der an der Ecke des Weinbergweges steht und mir nachschaut. Ein bisschen einsam sieht er schon aus, vielleicht auch ein wenig traurig.

O Mann, ob Vampir oder nicht, der Junge ist wirklich in mich verknallt.

Und ich?

Ich verspüre gerade den heftigen Wunsch, aus dem Bus zu springen und mich in seine Arme zu werfen. Aber die Tür hat sich schon geschlossen; jetzt ruckelt das klobige Gefährt und fährt an, bahnt sich langsam seinen Weg durch die enge Hauptstraße. Vladimirs große, schlanke Gestalt wird immer kleiner, der Bus biegt um die Kurve, und ich kann ihn nicht mehr sehen.

Ich ziehe die Knie an, lege meine Stirn darauf und versuche, Ordnung in das Chaos in meinem gemarterten Hirn zu bringen.

Ob er gemerkt hat, dass ich mir Gedanken mache?

Das war ja wohl kaum zu verbergen.

Na gut, das Spekulieren hilft jetzt auch nicht weiter. Also denke ich wohl besser über die Fakten nach.

Punkt eins: Den Keller hab ich gesehen, aber eigentlich bin ich so schlau wie vorher. Denn …okay, vielleicht stimmt das mit der einstürzenden Decke ja wirklich. Oder aber hinter dem sorgsam verschlossenen Tor stehen vier Särge.

Ist ja wohl komisch, dass jemand gleich drei Vorhängeschlösser vor eine einzige Tür hängt.

Wenn ich doch irgendwie in diesen ominösen Raum hineinkönnte! Aber der ist fast so gut gesichert wie Fort Knox. Außerdem müsste ich vorher erst mal unbemerkt durch den Garten schleichen und in das Haus hineinkommen.

Nein, keine Chance.

Warum kann ich mich bloß nicht an diesen blöden Zeitungsartikel erinnern, den Vladimir erwähnt hat?

Vielleicht weil er ihn nur erfunden hat, damit ich ihm seine Geschichte abkaufe.

Ach, ich weiß überhaupt nichts mehr. Morgen früh muss ich unbedingt mit meinen Freundinnen über alles reden. Vielleicht seh ich danach ja klarer.

Freundinnen??? Luisa!

Plötzlich fällt es mir wie Schuppen von den Augen. Hat Vladimir nicht eben erzählt, dass sie für die Geburtstagsfeier ihres Bruder kochen will? Und was hat sie uns gesagt, als wir über die Sache mit der Knoblauchprobe gesprochen haben?

«Das überlasst mal ruhig mir.»

Ja, genau das hat sie gesagt.

Mit einem Schlag wird mir sonnenklar, was sie vorhat. Sie wird ihre berühmten selbst gefüllten Tortellini mit Tomatensoße kochen. Und diese Nudeln haben's in sich. Knoblauch nämlich, und zwar geschickterweise in der Füllung, wo man's wegen der leckeren Tomatensoße nicht unbedingt sofort merkt.

Das heißt: Die meisten Leute merken es überhaupt nicht.

Luisa, du bist voll genial. Morgen Abend werden wir Vladimir die Tortellini vorsetzen, und dann brauchen wir nur noch abzuwarten. Entweder er wird blass und weigert sich, das Zeug zu essen. Vielleicht ergreift er sogar die Flucht.

Dann ist er mit Sicherheit ein Vampir.

Oder er mampft diese absolut leckeren Nudeln genüsslich in sich hinein und nimmt sich noch einen Nachschlag.

Dann ist er mit Sicherheit keiner.

Mit einem Seufzer strecke ich die Beine aus, lehne mich zurück und schaue aus dem Fenster.

Gerade schnauft der Bus den Berg hinauf, am Ortsschild meines Heimatdorfes vorbei. Die Straßenlaternen brennen schon, denn inzwischen ist es fast dunkel.

Also, heute Abend bin ich echt froh, dass die Haltestelle fast vor meiner Haustür liegt. Auch wenn Vampire angeblich nur in der ersten Stunde nach Mitternacht umgehen …

«Guten Morgen, Laura!», begrüßt mich Luisa, die mal wieder vor mir in der Klasse war. Auch Connie und Valerie sitzen schon in ihrer Bank. Alle drei sehen so aus, als würden sie vor Neugierde fast platzen.

«Wie war's denn gestern bei deinem Vladimir?», fragt mich Connie, noch bevor ich meine Schultasche abgestellt habe.

«Echt aufschlussreich», erkläre ich. Dann ziehe ich mir in aller Ruhe den Anorak aus.

«Nun erzähl schon», drängt mich Luisa in ungeduldigem Ton.

Und Valerie fügt hinzu: «Wohnen die Krestels nun in so einer alten Prachtvilla, oder wohnen sie nicht?»

Ich setze mich gemütlich auf meinen Stuhl. Die Augen meiner Freundinnen folgen jeder meiner Bewegungen.

«Sie wohnen nicht … in einer alten Villa, meine ich», erkläre ich schließlich. «Stattdessen leben sie in einem neuen, schicken, großen Haus, ganz nahe am Weinberg.»

Luisa stößt einen erleichterten Seufzer aus. «Na prima, ein Punkt für Vladimir.»

Connie nickt. «Ich kann mir nicht vorstellen, dass

Vampire in einem nagelneuen Haus mit modernem Keller hausen. Die fühlen sich doch bestimmt nur in einer uralten Gruft so richtig wohl.»

Jetzt seufze ich auch, allerdings nicht unbedingt vor Erleichterung. «Genau da liegt das Problem. Unter dem Haus gibt es nämlich einen mindestens fünfhundert Jahre alten, elend langen Eiskeller. Er ist dunkel und furchtbar unheimlich und führt beinahe endlos tief in den Berg hinein.»

«O nein», stöhnt Valerie.

Ich nicke bedrückt. «Aber das ist noch nicht alles. Am Ende dieses langen Ganges ist ein großes Holztor, und das ist gleich mit drei Vorhängeschlössern verriegelt.»

Ein paar Sekunden herrscht bei meinen Freundinnen erschrockenes Schweigen. Dann fragt mich Luisa mit rauer Stimme: «Hast du eine Ahnung, was dahinter verborgen ist?»

Ich zucke die Achseln. «Laut Vladimir ist der letzte Raum des Kellers schlicht und ergreifend einsturzgefährdet. Als sein Vater zum ersten Mal drin war, soll prompt ein großer Felsbrocken auf ihn gefallen sein und ihm beide Beine gebrochen haben.»

«Wenn ich ein Vampir wäre, würde ich dir auch so was erzählen», stellt Luisa fest.

Und Valerie fügt hinzu: «Eben. Wir können das jetzt glauben oder auch nicht.»

«Also, ich glaub's ihm jedenfalls nicht», beschließt Connie, und die absolute Sicherheit, mit der sie diese Worte ausspricht, geben mir einen schmerzhaften Stich.

«Vladimir sagt, es hätte sogar ein Bericht über den Unfall im *Main-Echo* gestanden», erkläre ich, um ihn vielleicht doch noch zu verteidigen. «Kann sich jemand von euch daran erinnern? Es muss jetzt ungefähr ein Jahr her sein.»

«Du weißt doch, dass ich nicht gerne Zeitung lese», brummt Valerie. Die anderen beiden denken nach, dann schütteln sie ihre Köpfe, zuerst Luisa, dann Connie.

Jetzt öffnet sich die Tür, und zwei Mitschülerinnen kommen kichernd herein. Also, irgendwie nerven die mich jetzt total. *Mir* ist nämlich wirklich nicht zum Lachen zumute.

Wir vier rücken enger zusammen.

«Jetzt hängt alles von der Knoblauchprobe ab», flüstert meine allerbeste Freundin. «Morgen Abend sind meine Eltern nicht zu Hause. Ich werde für den Oliver ein Geburtstagsessen kochen, und da hab ich ihn überredet, auch Vladimir einzuladen. Ratet mal, was ich koche!»

«Deine berühmten gefüllten Tortellini mit Tomatensoße», antworte ich wie aus der Pistole geschossen.

Sie nickt. «Genau. Und dann wollen wir mal sehen.»

«Genial», seufzt Connie, und Valerie klopft Luisa anerkennend auf die Schulter.

«Vladimir hat mich übrigens gefragt, ob ich ihn begleiten will», erkläre ich.

«Bingo!», jubelt Luisa leise. «Das hatte ich zwar gehofft, aber …»

Ich zucke wieder die Achseln. «Ich fürchte, er ist volle Kanne in mich verknallt.»

«Und du in ihn, sei doch ehrlich», stellt Connie fest, und in ihrer Stimme schwingt ein bisschen Mitleid.

Ich nicke nur und schlucke mal wieder ein paar lästige Tränen herunter.

«Machst du mal schnell das Fenster auf?», bittet mich Luisa. «Sonst riecht es hier doch noch nach Knoblauch. Und das müssen wir um jeden Preis verhindern.»

Frische Luft ist hier sowieso dringend nötig: Dampfschwaden wallen über einem riesigen Topf voller kochender Nudeln mit extrem knoblauchhaltiger Füllung, und gerade beginnt auch noch die Tomatensoße leise vor sich hin zu blubbern.

Ich bin schon seit einer halben Stunde hier. Heute Morgen in der großen Pause hab ich Vladimir erklärt, dass ich schon früher zu Buhleiers gehen wolle, um Luisa zu helfen. Aber in Wirklichkeit möchten wir nur nochmal unseren Schlachtplan durchsprechen.

Allerdings hatten wir dazu bisher noch keine Chance. Oliver ist nämlich die ganze Zeit um uns rumgestrichen wie der Kater um den heißen Brei. Jetzt hat ihn Luisa endlich mit Tischdecken sinnvoll beschäftigt, und wir haben freie Bahn.

«Also», wispert sie. «Wir servieren zuerst den Salat und dann die Nudeln. Wenn er was von dem Knoblauch merkt und panisch reagiert, ist er endgültig überführt. Wenn aber alles glatt geht, dann kannst du, glaube ich, beruhigt sein. In dem Fall kaufe ich ihm sogar die wilde Story mit dem baufälligen Keller ab. Ich kann mir nämlich nicht vorstellen, dass es auch nur einen einzigen Vampir auf der Welt gibt, der sich *nicht* vor Knoblauch fürchtet.»

Ich auch nicht. Ich bin so nervös, dass ich nicht weiß, wie ich die nächste halbe Stunde überstehen soll.

Warum muss Luisa denn auch unbedingt einen Salat vor diesen wichtigsten Nudeln meines Lebens servieren?, frage ich mich zum x-ten Mal an diesem Abend.

Weil jedes auch nur ansatzweise feierliche Essen mehrere Gänge hat, natürlich. Schließlich gibt es danach noch ein Schweinefilet mit Blattspinat und Ciabatta und am Schluss noch einen Nachtisch, nämlich Mousse au chocolat mit Vanillesahne und Kiwischeiben.

«Und was machen wir, wenn er sich als … als Vampir outet?», frage ich mit vor Aufregung piepsiger Stimme.

Meine allerbeste Freundin sieht mir fest in die Augen und erklärt mit leiser, aber vor Entschlossenheit zitternder Stimme: «Dann sagst du ihm spätestens morgen, dass du ihn nie mehr wiedersehen willst. Du verhängst deine Zimmertür und dein Fenster mit Knoblauch, nimmst jedes Mal, wenn du das Haus verlässt, ein Kreuz mit, und wenn es dunkel ist, gehst du gar nicht mehr ohne Begleitung hinaus. Was solltest du auch sonst machen? Etwa die Polizei verständigen?»

Ich kann wieder mal nur stumm nicken. Denn in einem bin ich mir ganz sicher: Ich will Vladimir auf keinen Fall dem Arm des Gesetzes ausliefern. Dafür hab ich ihn einfach zu lieb, ob er nun ein Vampir ist oder nicht.

Fragt sich ohnehin, ob die Polizei uns überhaupt ernst nehmen würde. Und falls sie uns wirklich glauben würde, was würde man wohl mit ihm machen? Ihm einen Holzpflock durchs Herz jagen?

Bestimmt nicht. Die Todesstrafe ist bei uns ja längst abgeschafft.

Obwohl, wenn er wirklich ein Untoter ist, dann hat er das mit dem Sterben ja schon längst hinter sich, und man müsste ihn nur noch endgültig in Jenseits befördern. Ob das überhaupt unter «Todesstrafe» fällt, juristisch gesehen?

Egal. Ich fürchte, die Polizei würde das sowieso nicht machen. Schon aus moralischen Gründen.

Bliebe also nur noch das Gefängnis. Sicherheitsverwahrung, vermutlich, und zwar lebenslang. Was sich bei einem Vampir im wahrsten Sinne des Wortes *unendlich* lange hinziehen kann.

Auweia! Nein, das will und das werde ich ihm nicht antun. Denn egal, wer oder was er ist, ich liebe ihn so sehr, dass ich überhaupt nicht weiß, wie ich ohne ihn klarkommen soll. Manchmal denke ich sogar, dass ich lieber als Vampir-Lady mit ihm zusammen wäre, als wie ein normaler Mensch alleine weiterleben zu müssen. Aber dann kriege ich gleich furchtbare Angst. Oje, in was bin ich da bloß hineingeraten?

Es klingelt an der Haustür, und wir hören, wie Oliver mit schnellen Schritten in den Flur geht, um zu öffnen.

Es ist Vladimirs Stimme, eindeutig! Ich hab das Gefühl, als würde mir in Sekundenschnelle das Blut aus dem Kopf in die Knie sacken. Mir wird schwindlig, und ich sinke auf einen Stuhl.

Als sich das Rauschen in meinen Ohren wieder gelegt hat, erkenne ich auch die Stimme von Fußball-Jan. Luisa hat's wohl ebenfalls geschnallt, denn sie wird puterrot im Gesicht. Sehr vorsichtig stellt sie die Glasschüssel, die sie gerade aus dem Schrank geholt hat, auf den Küchentisch.

Ich horche wieder.

Komisch, Jan wollte doch Christiane mitbringen. Warum ist denn von ihr nichts zu hören? Na, bestimmt kommt sie noch.

In höchster Eile hat sich Luisa die Hände gewaschen und abgetrocknet. Jetzt ordnet sie sich schnell die Haare, dann stehe ich auf, und gemeinsam gehen wir hinüber ins Wohnzimmer.

Mit zwei, drei schnellen Schritten ist Vladimir bei mir. Seine schönen dunklen Augen strahlen vor Freude, er nimmt meine rechte Hand und drückt sie zärtlich. Vermutlich traut er sich hier vor seinen neuen Fußballkumpeln nicht, mich in den Arm zu nehmen und zu küssen. Obwohl … Deren Grinsen nach zu urteilen, haben die eh schon längst kapiert, dass was zwischen uns läuft.

Nebeneinander gehen wir zum Wohnzimmertisch, den Oliver gerade festlich gedeckt hat. Außerdem hat er das ganze Zimmer geschmückt, natürlich mit Halloween-Deko. Schließlich sind es nur noch sieben Tage bis zur schauerlichsten aller Nächte am 31. Oktober. Auf dem Esstisch verteilt stehen schwarze, orange und blutrote Kerzen, und in der Mitte schneidet ein ausgehöhlter Kürbis seine grinsende Grimasse. Dort, wo ich mich hinsetze, steht ein Lämpchen in der Form eines weißen Gespenstes. Und ausgerechnet vor Luisas Platz sehe ich die Figur einer zahnlos lachenden alten Hexe. Hat Oliver das absichtlich gemacht, um seine kleine Schwester ein bisschen zu ärgern?

Aber … o Schreck! Mir gegenüber, genau dort, wo sich Vladimir hingesetzt hat, hängt die ekelhaft hässliche, grüngelbe Maske eines undefinierbaren Monsters von der Decke. Es hat aufgerissene, leere Augen und eine krumme Nase, und aus seinem Maul ragen eklige, spitze Zähne.

Muss das denn jetzt auch noch sein?

Nun klingelt es noch einmal, und Jens, Holgers bester Freund, kommt herein, gefolgt von seiner neuen Freundin Michelle. Es gibt erst mal eine große Begrüßung, bevor alle schwatzend an den Tisch fallen. Na gut, jetzt könnten wir eigentlich anfangen, wenn der Platz von Christiane nicht immer noch gähnend leer wäre.

Luisa sieht Jan fragend an.

«Äääh», meint der verlegen, und es wird sofort totenstill am Tisch.

«Äääh», macht er nochmal. Man sieht ihm an, wie unwohl er sich in seiner Haut fühlt. «Also … Christiane kommt heute Abend nicht. Der ist eben nämlich schlecht geworden.»

O Jan, das ist jetzt aber voll gelogen. Das sieht man dir deutlich an. Wetten, ihr habt euch gestritten, du und deine neue Flamme?

Luisa ist das mit Sicherheit auch sonnenklar. Geschickterweise verzieht sie keine Miene, aber aus ihren Augen strahlt der Triumph. «Okay, dann kann ich ja einen Teller abräumen», stellt sie fest, steht auf – und nimmt ihr eigenes Gedeck mit.

Kluges Mädel, denke ich. Jetzt kannst du dich genau Fußball-Jan gegenübersetzen.

Luisa und Oliver verschwinden in der Küche und servieren diesen völlig überflüssigen Salat. Ich kaue auf den blöden Blättern herum, als wären sie aus Gummi. Dabei unterhalte ich mich mit Vladimir und den anderen, mein Herz klopft bis zum Hals, und meine Gedanken drehen sich nur um eines: die *Knoblauchnudeln.*

Nach einer endlos langen halben Stunde haben alle ihr Grünzeug verputzt. Ich stehe auf, um die schmutzigen Teller einzusammeln, während Luisa und ihr Bruder feierlich zwei große Schüsseln mit Nudeln in Tomatensoße hereintragen.

Sofort ist der ganze Raum erfüllt von ihrem Duft. Ich schnuppere ängstlich prüfend.

Uff! Es riecht nur nach den Tomaten und Zwiebeln in der Soße und ganz schwach nach Balsamico-Essig, aber nicht einmal ansatzweise nach Knoblauch. Gut gemacht, Luisa!

Mit schnellen Schritten gehe ich in die Küche, stelle das Geschirr auf den Küchentisch, eile zurück ins Wohnzimmer und sinke wieder auf meinen Platz.

Vladimir ist einer der Ersten, der sich etwas von den Nudeln nimmt. Er probiert …

«Hmm!», macht er begeistert und schiebt sich die nächste Gabel in den Mund.

Fasziniert beobachte ich ihn. Fast hätte ich vergessen, mir selbst etwas zu nehmen, wenn Luisa mir nicht unter dem Tisch gegen das Schienbein getreten hätte.

«Ja», meint Oliver stolz. «Die gefüllten Nudeln mit Tomatensoße sind Luisas Spezialität.» Zum Glück erwähnt er keine weiteren Zutaten. Wahrscheinlich kennt er sie auch gar nicht.

Meine allerbeste Freundin sagt nichts, aber man sieht ihr an, dass sie sich über sein Lob freut. Dann unterhält sie sich weiter angeregt mit Fußball-Jan, wobei sie Vladimir aus den Augenwinkeln immer wieder prüfende Blicke zuwirft. Und dabei macht sie ein Gesicht, als wäre sie die Katze und er die Maus.

Aber Vladimir merkt nichts davon. Er mampft weiter, was das Zeug hält, und in mir drin beginnt zuerst leise, dann immer lauter ein mehrstimmiger Engelschor zu singen. Als sich Vladimir noch einen Teller nachnimmt, stimmt mein innerer Chor endgültig ein «Halleluja» an, mit Pauken und Trompeten und was sonst so dazugehört.

Den anderen schmeckt es auch; sie putzen die großen Schüsseln bis auf den letzten Soßentropfen leer. Ich dagegen habe Mühe, überhaupt meine erste Portion runterzukriegen. Schließlich sind wir alle fertig, und Luisa, Oliver und ich stehen auf, um das schmutzige Geschirr in die Küche zu bringen und das Schweinefiltet, den Spinat und das Brot zu holen.

Jetzt wird es ein richtig schöner Abend. Ich bin so glücklich wie seit langem nicht mehr, plaudere mit Vladimir und den anderen und esse sehr langsam und genüsslich, denn nun beginnt mir sogar das Essen wieder zu schmecken. Schließlich – die Kerzen auf dem Tisch sind schon ein gutes Stück heruntergebrannt – sind wir alle mit dem Hauptgang fertig.

Und wieder stehe ich mit Luisa und ihrem Bruder auf, um abzuräumen.

«Mag jemand noch einen Kaffee?», fragt meine allerbeste Freundin beim Hinausgehen.

Fast alle melden sich, Vladimir auch.

Während ich die Spülmaschine einräume, singe ich leise vor mich hin. Na also, ist doch alles prima gelaufen. Keine Knoblauchpanik, kein Vampir!

Auch meine beste Freundin zwinkert mir im Vorbeigehen fröhlich und viel sagend zu.

Oliver hat Wasser in die Kaffeemaschine gegossen und löffelt gerade Kaffeemehl in den Filter.

Luisa nimmt sich die Schüssel mit dem Mousse au chocolat und geht aus der Küche.

Ich schließe die Spülmaschine und greife nach der Platte mit den Kiwis und der Vanillesahne.

«Aaaah!»

Lautes Klirren auf den Steinfliesen des Wohnzimmers.

Das war Luisa!

Polternd kippt ein Stuhl um, und Jan ruft, heiser vor Schrecken: «Wir brauchen einen Arzt, schnell!»

Ich stürze aus der Küche, stoße mit Oliver zusammen und schubse ihn zur Seite.

Im Wohnzimmer steht Luisa, die Hände vors Gesicht geschlagen, vor sich einen Haufen aus Mousse au chocolat und Scherben. Die anderen sind aufgesprungen. Jan kniet hinter dem Tisch auf dem Boden, ich kann seinen dunkelblonden Haarschopf gerade noch sehen.

Wo ist Vladimir?

Ich renne um den Tisch herum und bleibe wie angewurzelt stehen.

Er liegt vor mir auf dem Boden, bleich wie ein Toter.

Ohnmächtig.

Über ihm schwankt die hässliche grüne Maske wild hin und her.

«Nein, wir holen keinen Arzt», sage ich in einem so entschlossenen Ton, dass Jan mich erstaunt ansieht. «Ich rufe erst mal seine Eltern an.»

Schnell gehe ich zum Telefon. Luisa kommt hinter mir her und greift zum Telefonbuch, aber ich schüttele den Kopf. «Die Nummer kann ich auswendig.»

Dann wähle ich und höre, wie es drüben im Weinbergweg klingelt: einmal … zweimal … dreimal …

Dabei beobachte ich Vladimir durch die offene Tür.

Er liegt immer noch am Boden, blass wie ein Leichentuch. Doch jetzt bewegt er ein wenig den Kopf, dann flattern seine Augenlider.

«Krestel», sagt eine tiefe, männliche Stimme mit auffällig rrollendem Rrr am anderen Ende der Leitung.

Erschrocken fahre ich zusammen, denn im Moment war ich mit meinen Gedanken ganz woanders.

«Hier spricht Laura Fiore», sage ich mit wackeliger Stimme. «Wir sind hier bei Buhleiers zum Essen. Sie wissen schon, in der Goethestraße. Sie müssen sofort kommen. Ihr Sohn ist auf einmal umgekippt. Ich glaube, er ist ohnmächtig.»

Einen langen Moment ist es still am anderen Ende der Leitung. Dann fragt Herr Krestel mit eigenartig ruhiger Stimme: «War Knoblauch im Essen?»

Jetzt fange ich an zu zittern. Er weiß …?

Laura, du Depp! Natürlich weiß er!

Aber dass er so offen darüber spricht, das hätte ich wirklich nicht gedacht.

Ich nehme mich zusammen und sage: «Ja, in den gefüllten Nudeln. Ziemlich viel sogar.»

«Verdammte Vampirkrankheit», brummt Vladimirs Vater.

Mir fällt vor Schreck fast der Hörer aus der Hand. Doch er fügt seelenruhig hinzu: «Die liegt in unserer Familie, weißt du?»

Klar doch. Wie sollte sie auch nicht?

«Meinen Sohn hat es leider besonders schlimm erwischt. Aber er ist zu stolz, um offen darüber zu sprechen», fährt Herr Krestel fort. «Ein bisschen von dem Zeug verträgt er ja auch. Aber zu viel davon haut ihn regelrecht um.» Er seufzt. «Okay, ich komme und hole ihn ab. Oder habt ihr schon einen Arzt gerufen?»

Zuerst schüttele ich nur den Kopf, aber dann fällt mir ein, dass er mich ja gar nicht sehen kann. Also füge ich laut hinzu: «Nein, wir wollten erst mal mit Ihnen sprechen.»

Seine Stimme klingt deutlich erleichtert. «Gut so. Ein Arzt, der ihn untersuchen müsste, wäre wahrscheinlich zuerst ratlos. Er würde Vladimir ins Krankenhaus schicken und ihn dort völlig grundlos auf den Kopf stellen lassen. Dabei ist das gar nicht nötig. Mein Sohn erholt sich nämlich ganz von alleine, auch wenn das jetzt ein bisschen dauern kann. Also, bis gleich und vielen Dank!»

Dann legt er auf.

Auch ich lasse den Hörer auf die Gabel sinken.

Da stehe ich nun in dem dunklen Flur, hilflos und verzweifelt. Von weitem beobachte ich, wie Vladimir langsam aufsteht und sich, von Jan und Oliver gestützt, mühsam zum Sofa schleppt.

Luisa legt mir den Arm um die Schulter. «Na, was sagen seine Eltern?», will sie wissen.

«Er verträgt keinen Knoblauch», flüstere ich und höre, wie sie erschrocken Luft holt. «Sein Vater war am Telefon. Und er war ganz offen. Natürlich, weil er denkt, dass wir nicht glauben, was er weiß. Er nannte es sogar die Vampirkrankheit.»

Luisa sagt nichts, sie nimmt mich nur in den Arm und drückt mich ganz fest. Eine Weile bleiben wir so stehen, dann habe ich mich wieder so weit unter Kontrolle, dass ich zurück ins Wohnzimmer gehen kann. Zu *ihm.*

Eines will meine beste Freundin allerdings noch wissen: «Sag mal, warum hast du denn nicht gewollt, dass wir einen Arzt holen?»

«Ich will doch nicht …», beginne ich, doch dann versagt mir die Stimme, und ich muss mich räuspern, bevor ich weitersprechen kann. «Ich will doch auf gar keinen Fall, dass die im Krankenhaus merken, dass Vladimir … dass er ein *Vampir* ist.»

Die fröhliche Fetenstimmung ist verflogen. Wir hocken auf den beiden Sofas im Wohnzimmer und reden kaum ein Wort. Ich sitze neben dem immer noch völlig fertigen Vladimir und streichle seine Hand.

Irgendwann klingelt es an der Tür, ich stehe auf, um zu öffnen, und bekomme einen kleinen Schrecken.

Da steht er: Vladimirs Vater, groß und schlank, grauhaarig und ein bisschen vornehm, in einem langen dunklen Mantel. Sofort erinnert er mich an …

Und mein Blick fällt entsetzt auf meine Armbanduhr. Aber es ist erst kurz nach elf, na, Gott sei Dank!

Von Oliver und seinem Vater gestützt, wankt Vladimir zum Auto. Dann fällt die Tür zu, das dunkle Fahrzeug braust davon, und mit ihm meine allerletzte, verzweifelte Hoffnung, dass Vladimir, die große Liebe meines Lebens, vielleicht doch kein blutsaugendes Ungeheuer sein könnte.

Drinnen hat nun wohl keiner mehr Lust, weiterzufeiern, denn Olivers Freunde sind schon dabei, sich ihre Anoraks anzuziehen und sich zu verabschieden.

Als sie weg sind, räumen wir Wohnzimmer und Küche auf. Fast mechanisch belade ich die Spülmaschine, während Luisa die Mousse au chocolat von den Fliesen kratzt und ihr Bruder immer neues Geschirr zu mir hereinschleppt.

Nur über eine einzige Tatsache bin ich jetzt froh: dass ich heute Abend nicht mehr nach Hause muss. Ich hab meinen Eltern nämlich abgerungen, dass ich bis Sonntagmorgen bei Luisa bleiben darf. Was für ein Glück! Im Moment sehe ich garantiert so fertig aus, dass mir meine

Mutter sogar das mit dem prämenstruellen Syndrom nicht mehr abkaufen würde.

Als wir endlich aufgeräumt haben, gehen wir ins Bett. Gut, dass ich nicht alleine schlafen muss, sondern auf einer Matratze in Luisas Zimmer.

Aber das wird mir auch nicht wirklich helfen.

In *dieser* Nacht werde ich nämlich garantiert kein Auge zutun.

6
Happy Halloween!

Es ist fast dunkel. Ich stehe in dem langen, schummerig beleuchteten unterirdischen Gang, an dessen Ende eine Tür auf mich wartet. Eine dreimal verschlossene Tür.

Was tu ich eigentlich hier? Und was drückt so an meiner Hüfte?

Vorsichtig öffne ich meinen Anorak, und im Licht der blassen Funzel über mir sehe ich … Holzpflöcke!

Vier schlanke, schmale Holzpflöcke, spitz wie Dolche, stecken in meinem Gürtel. Nein! O nein!

Fast hätte ich geschrien, doch ich kann mich gerade noch zurückhalten. Denn ich muss doch leise sein in diesem finsteren, bedrohlichen Keller. Ich weiß ja, was an seinem Ende auf mich lauert.

Da! Ein Geräusch, direkt hinter mir. Auf das Schlimmste vorbereitet, drehe ich mich um.

Es sind nur meine drei Freundinnen. Da stehen sie im Halbdunkel, wilde Entschlossenheit im Blick. Alle sind sie mit irgendwelchem Zeug bewaffnet. Connie trägt eine schwere Tasche, Valerie hat ein großes, silbern schimmerndes Kreuz in der Hand, und Luisa …

Luisa trägt einen schweren Hammer.

Also gut, es gibt kein Zurück mehr. Ich weiß, was ich zu tun habe.

«Wir müssen einfach nur geradeaus», flüstere ich so leise wie möglich, damit meine Stimme nicht von den Wänden widerhallt. «Die Tür liegt am Ende des Ganges.»

«Meinst du, sie haben Fallen aufgestellt?», fragt Connie flüsternd.

Ich zucke die Achseln. «Keine Ahnung, ehrlich. Als ich zuletzt hier war, hab ich jedenfalls nichts davon bemerkt.»

Valerie nickt. «Wie auch immer, wir müssen uns vorsehen.»

Vorsehen … vorsehen … vorsehen … hallt es schaurig durch den Gang. Erschrocken packt Luisa meinen Arm.

Wir marschieren trotzdem los; ich zuerst, meine tapferen Freundinnen hinterher. Ich gehe langsam, schaue vorsichtig um jede Ecke, luge in jeden Seitenraum. Doch es passiert nichts. Zum Glück!

Endlich stehen wir vor dem hohen, mit drei Vorhängeschlössern verriegelten Tor.

«Warte mal», murmelt Connie. Sie kramt in ihrer Tasche und holt eine große Zange und ein Brecheisen heraus. Irre ich mich, oder liegen in ihrem Beutel auch noch ein paar weißlich schimmernde Knoblauchknollen? Ich glaube, hier riecht's auch ein bisschen so.

«Wir brauchen kein Werkzeug», stellt Valerie mit Grabesstimme fest. «Die Schlösser sind offen.»

Mit großen Augen starren wir uns an.

Schließlich fasst sich Connie ein Herz. Mit einer entschlossenen Bewegung drückt sie gegen die Tür, und sie öffnet sich mit leisem Quietschen.

«Mannomann», haucht sie.

Gespannt schaue ich über ihre Schulter und sehe … vier Särge.

Sie liegen auf steinernen Sockeln, und dazwischen stehen verstaubte Leuchter mit erloschenen Kerzen.

Hinter dem grausigen Idyll, an der Wand, ist ein Regal voller Bücher in löchrigen Ledereinbänden.

In den Ecken und von der Decke hängen jede Menge Spinnweben.

Was ist das? Ein Rascheln, direkt vor meinen Füßen. Entsetzt schaue ich nach unten.

Puh! Es ist eine Ratte. Eine große, ziemlich fette Ratte, die geschäftig an uns vorbei in den Gang wuselt.

Am liebsten hätte ich wieder geschrien, doch meine Angst vor dem Schrecklichen dort vor uns ist stärker.

Valerie, die wohl gar nichts von dem Vieh bemerkt hat, gibt mir einen leichten Stoß in die Seite. «Okay, Laura, jetzt oder nie!»

Also gut. Ich fasse mir ein Herz und gehe an Connie vorbei, hinein in die staubige Gruft.

Dann stehe ich neben dem ersten Sarg. Ich schaue über die Schulter, werfe meinen Freundinnen einen fragenden Blick zu. Sie haben an der Tür gewartet, doch jetzt wagen auch sie sich mit kleinen, ängstlichen Schritten in den Raum hinein.

Dann stehen sie neben mir. Luisa nickt mir mit ernstem Blick zu, und ich hebe den Deckel an.

Aber es ist nicht Vladimir, der in dem Sarg liegt. Es ist seine Mutter, kreidebleich, aber mit blutroten Lippen. Und dazwischen lugen die weißen, scharfen Spitzen langer Fangzähne hervor.

Sie trägt ein helles Gewand, das bis zu ihren Füßen reicht, und ihre Haare fließen über ihre Schultern wie glänzender Samt.

«Mannomann, was für eine wunderschöne Vampir-Lady», flüstert Connie ergriffen.

«Um sie kümmern wir uns später», antworte ich.

Vorsichtig schließe ich den Deckel.

Luisa zeigt auf den zweiten Sarg. «Da drin liegt wahrscheinlich ihr werter Graf Dracula.»

Bei ihren Worten läuft mir ein eiskalter Schauer über den Rücken.

«Dann ist dein Vladimir wohl oder übel in einem der beiden anderen Sarkophage», stellt Connie fest.

Bum – bum – bumbumbumbummbumm!

Ich brauche einen Moment, bis ich kapiere, dass das laute Pochen von meinem eigenen, wild schlagenden Herzen stammt. Am liebsten würde ich auf dem Absatz kehrtmachen und davonrennen.

Aber ich habe eine Aufgabe zu erfüllen.

Entschlossen gehe ich zu dem dritten Sarg, hebe vorsichtig den Deckel hoch … Da liegt *er*. Ein langer schwarzer Umhang bedeckt seinen schlanken Körper. Seine Arme mit den schönen Händen sind vor der Brust verschränkt.

Nun muss ich tun, was zu tun ist. Jetzt … oder nie!

Meine Hände zittern, doch ich achte nicht darauf. Langsam ziehe ich einen Holzpflock aus dem Gürtel und halte sein entsetzlich spitzes Ende auf *seine* Brust, direkt über dem Herzen. Meine rechte Hand nimmt Luisa den Hammer ab, und ich hebe ihn hoch – abgrundtief verzweifelt, aber dennoch wild entschlossen.

Da, *er* schlägt die Augen auf!

Und während der Hammer niedersaust, sieht er mich an, und sein Blick sagt: «Laura, o geliebte Laura, warum tust du mir das an?»

Ich schreie, ein Schrei voller Verzweiflung. Dann starre ich in die Dunkelheit – verwirrt, zu keinem klaren Gedanken fähig.

Irgendwann wird mir aber doch klar: Ich liege in meinem Bett. In meinem weichen, warmen Bett, kilometerweit von Klingenberg und der Weinbergstraße und dem schrecklichen Keller entfernt.

Draußen ist es schon hell. Die Sonne strahlt von einem blauen Spätherbsthimmel, und vor meinem Fenster balgen sich laut schimpfend zwei Spatzen.

Was für ein grauenhafter Albtraum!

Ich drehe mich auf den Bauch, ziehe mir die Decke über den Kopf und denke nach.

Also gut, es ist jetzt Montagmorgen, und zum Glück haben wir die ersten zwei Stunden frei, weil Herr Stokermann auf einer Fortbildung ist. Der Wecker hat noch nicht geklingelt, aber es ist ganz still in der Wohnung, also sind meine Eltern schon zur Arbeit gegangen. Es müsste kurz vor acht sein. Zeit zum Aufstehen.

Ich wuchte mich in eine sitzende Position, recke mich und stoße ein abgrundtiefes Gähnen aus. Dann stehe ich auf und schleppe mich ins Badezimmer.

Hier fällt mein Blick in den Spiegel.

Wie seh ich nur aus? Meine langen braunen Haare hängen verschwitzt und in Strähnen um mein gelblich blasses Gesicht, und unter meinen Augen liegen dicke, dunkle Schatten.

Laura, du siehst ja schon selber so aus wie ein Vampir!

Panisch fährt meine rechte Hand zu meiner Kehle und tastet hektisch nach Bisswunden.

Nein, nichts zu fühlen. Und auch nichts zu sehen, wie ein kritischer Blick in den Spiegel beweist.

Eigentlich kein Wunder, dass ich nicht mal einen Vampirkuss brauche, um auszusehen wie der bleiche Tod. Denn seit vorgestern Abend ist mein Leben nur noch furchtbar. Den ganzen Samstag haben Luisa und ich auf ihrem Zimmer verbracht, Musik gehört und immer wieder über *ihn* geredet. Ihre Eltern haben keine Lunte gerochen, aber Oliver hat öfter mit fragendem Blick zu uns hereingeschaut.

Gegessen hab ich auch kaum was, obwohl mich meine allerbeste Freundin immer wieder dazu gedrängt hat.

Am Nachmittag haben wir bei Vladimir angerufen. Ich hab sogar kurz mit ihm gesprochen, und als ich seine Stimme hörte, wurde mein Herz schon wieder ganz weich.

Klar ginge es ihm besser, hat er gesagt. Ob ich ihn vielleicht mal besuchen könne?

Aber – so schwer es mir auch fiel – ich hab abgelehnt, mit der Begründung, dass ich mir wohl 'ne kleine Darmgrippe geholt hätte.

Das hat er eingesehen. Als seine Mutter das Telefon zurück in den Flur brachte, hat sie mir noch schnell gesteckt, dass der arme Vladimir weit weniger auf dem Posten wäre, als er zugeben wolle. Das mit der Schule am Montag sei absolut fraglich, und wenn ich gerade eine Infektion hätte, solle ich um Himmels willen zu Hause bleiben.

Nach dem Telefongespräch hab ich mich auf Luisas Bett geschmissen und eine halbe Ewigkeit geheult.

Auch in der Nacht zum Sonntag hab ich schlecht geschlafen, und am nächsten Morgen bin ich völlig fertig zum Bus geschlichen, ohne Frühstück und ohne den geringsten Trost.

Als ich zu Hause ankam, haben meine Eltern einen Schreck gekriegt, weil ich so furchtbar aussah. Sie haben mich glatt gefragt, ob unsere kleine Fete etwa in einem Alkoholexzess geendet hätte!

Was ich wahrheitsgemäß verneinen konnte. Ich hab nochmal die Notlüge mit der Darmgrippe aktiviert und behauptet, dass ich gleichzeitig auch noch meine Tage gekriegt hätte. Übrigens: Dass mir grottenschlecht war, entsprach sogar der Wahrheit.

Dann hab ich mich den ganzen Tag in meinem Zimmer verkrochen. Aber weil mir Vladimirs trauriger Zustand trotz allem keine Ruhe ließ, hab ich gegen Abend nochmal bei ihm angerufen.

Leider sei er nicht zu sprechen, er schliefe nämlich gerade, hat sein Vater gesagt. Aber … ja, es ginge ihm ein bisschen besser, obwohl er das mit der Schule morgen wohl endgültig vergessen könne.

Also gut, hab ich gedacht. Ich hab noch einen kleinen Aufschub.

Aber jetzt weiß ich, was ich tun werde: Mit Vladimir Schluss machen, mein Fenster und meine Zimmertür mit Knoblauch verhängen, ein Kreuz direkt über meinem Kopfkissen an die Wand nageln, ein weiteres stets bei mir tragen und hoffen, inständig und verzweifelt hoffen, dass diese Maßnahmen genügen, damit er mich nicht … Oh, ich darf gar nicht daran denken!

Mit schwachen Schritten schleiche ich unter die Dusche und drehe den Wasserhahn auf.

Eine Viertelstunde später bin ich gewaschen und angezogen. Gegen heftigen inneren Widerstand würge ich mir drei Doppelkekse herunter und spüle mit einer Tasse Kakao nach. Dann gehe ich noch einmal auf mein Zimmer, krame aus meiner Schmuckschatulle das kleine silberne Kreuz, das mir meine Patentante zur Kommunion geschenkt hat, und hänge es mir um den Hals. Anschließend packe ich meine Schulsachen zusammen und mache mich auf den Weg zum Bus.

Es ist Viertel nach neun, als ich an der hohen Mauer meines Bildungsschuppens entlang in Richtung Tor gehe. Und wer kommt mir in Sportklamotten entgegengejoggt, erschreckend wach und mit einem fröhlichen Lächeln auf den Lippen?

Frau Einstein. Ausgerechnet die!

Wo ich im Moment doch überhaupt niemanden sehen will.

Ich hebe grüßend die Hand und gehe so schnell wie möglich weiter. Aber aus den Augenwinkeln sehe ich, wie sie stoppt, sich umdreht und mir mit gerunzelter Stirn nachsieht. Dann kommt sie hinter mir her.

«Du, ich hab gerade Freistunde», meint sie, als sie bei mir ist. «Trinkst du einen Kaffee mit mir?»

Nein, o nein, nicht auch noch das! Lieber würde ich davonlaufen. Mir fallen hunderttausend Gründe gleichzeitig ein, mit denen ich diese freundliche Einladung ablehnen könnte. Doch langsam, aber unaufhaltsam dämmert es mir, dass es vielleicht besser wäre, mit Frau Einstein einen Kaffee zu trinken, als alleine in der Klasse zu sitzen und darauf zu warten, dass meine lieben Freundinnen Valerie und Connie aufkreuzen, um mich mit ihren Fragen zu löchern und mich mit ihren mitleidigen Blicken aufzuspießen. Luisa hat sie nämlich schon am Samstag angerufen und ihnen alles brühwarm erzählt, während ich völlig apathisch auf ihrem Bett lag.

Außerdem ahne ich schon, was Frau Einstein mir sagen will: Dass ich diesmal leider den Physiktest verhauen habe.

Als ob mir das im Moment nicht völlig egal wäre!

Also nicke ich nur und schleiche brav hinter ihr her,

über den Schulhof, die Treppe hoch in den ersten Stock und dann in den Physiksaal. Ich sinke auf einen Stuhl, sie holt das Kaffeepulver und eine Filtertüte aus dem Schrank und wirft die Kaffeemaschine an. Dann stellt sie mir zwei Becher, eine Tüte H-Milch und die Zuckerdose vor die Nase, holt sich einen Stuhl, setzt sich vor mich hin und fragt: «Sag mal, was ist eigentlich mit dir los?»

«Wegen dem verhauenen Test, meinen Sie?», frage ich. «Ach, ich hatte einfach keine Lust zum Lernen.»

Sie macht eine wegwerfende Handbewegung. «Vergiss diesen blöden Test. Der ist Vier minus, das kann jedem mal passieren. Nein, ich rede davon, dass du die ganze letzte Woche den Eindruck machst, als seist du total durch den Wind. Die Angst steht dir regelrecht ins Gesicht geschrieben. Heute Morgen ist es ganz schlimm. Du siehst ja aus wie ein Zombie!»

Verlegen starre ich auf den Boden. Was soll ich ihr denn nur sagen? Die Wahrheit etwa?

Bloß nicht! Die wird mich doch auslachen! Sie hat mit Sicherheit 'ne Menge Ahnung von Physik und Mathe. Aber ich wette, von dem, was mir passiert ist, hat sie keinen blassen Schimmer. Vermutlich würde sie nicht mal an Vampire glauben, wenn einer leibhaftig vor ihr stünde und sich die langen Fangzähne lecken würde. Dazu steht sie nämlich viel zu sehr auf dem Boden der vermeintlichen Tatsachen.

Sie wartet eine Weile ab, doch als ich immer noch nichts sage, meint sie: «Okay, Laura, wenn du das Gefühl hast, dass ich meine Nase zu tief in deine Angelegenheiten stecke, dann kannst du jetzt einfach gehen. Ich bin dir bestimmt nicht böse, und wir werden nie wieder drüber reden, versprochen.»

Gut, Laura, steh auf und verschwinde von hier, ermahne ich mich.

Aber ich bleibe sitzen, und zu meinem eigenen Erstaunen fange ich an zu reden: «Ich ... da war ... Wir haben uns getroffen, Luisa, Connie, Valerie und ich. Vorletzten Samstag, wissen Sie?» Dann bleibt mir die Stimme weg.

Frau Einstein steht auf, holt den Kaffee, gießt unsere Becher voll und setzt sich wieder hin.

Jetzt nehme ich all meinen Mut zusammen. «Kennen Sie Gläserrücken?», frage ich.

Sie lacht nicht, wie ich befürchtet habe, ja sie grinst nicht einmal. Stattdessen rührt sie mit nachdenklichem Gesicht in ihrem Kaffee und fragt: «Ist es das, was dir solche Sorgen macht?»

Ich nickte verlegen.

Frau Einstein rührt weiter in ihrem Kaffee und meint: «O ja, und ob ich das kenne. Das hab ich mit meinen Freundinnen auch mal gemacht, als ich so ungefähr vierzehn Jahre alt war.»

Ich bin erstaunt und ziemlich erleichtert. «Und dann?»

«Das Glas behauptete, es sei der Geist eines Ritters, der vor vielen Jahrhunderten in unserer Gegend zu Tode gekommen sei.» Jetzt lächelt sie, aber es ist ein trauriges Lächeln. «Es hat mir auf den Kopf zugesagt, dass mein jüngerer Bruder an einer schweren Krankheit sterben würde, noch bevor ich zwanzig sei.»

Ich schlucke.

«Das Problem war nur ...» Sie räuspert sich, dann fährt sie fort: «Das Problem war, dass der Ritter mir vorher berichtet hatte, dass mein Urgroßvater Johann vierundachtzig Jahre alt geworden sei. Dann habe er eines Morgens plötzlich tot in seinem Bett gelegen. Das hatte ich nicht gewusst, ganz sicher nicht. Aber hinterher hab ich meine Großmutter gefragt, und die hat mir bestätigt, dass alles, was der Geist mir erzählt hatte, genau der Wahrheit entsprach.»

Oha. Selbst Prinzessin Felicitas hat es nicht fertig gebracht, uns etwas aus unserer Vergangenheit zu sagen, das niemand von uns vorher gewusst hat. Echt beeindruckend!

Frau Einstein seufzt. «Ich hatte meinen Bruder sehr, sehr gern, weißt du? Sechs Jahre lang hab ich Höllenängste um ihn ausgestanden. Als ich achtzehn war, hat er einen schweren Verkehrsunfall gehabt, mit Knochenbrüchen und inneren Verletzungen. Damals war ich total in Panik und hab gedacht: ‹Okay, das war's jetzt, davon also hat der Geist gesprochen. Mein Bruder wird sterben, ganz bestimmt.› Dass ein Unfall und eine Krankheit zwei verschiedene Dinge sind, war mir vor lauter Angst gar nicht klar.»

Jetzt schaut sie mich an, mit einem harten Zug um den Mund. Man sieht ihr an, wie nahe ihr die Sache gegangen sein muss. Und sie fährt fort: «Aber er hat überlebt und sich prima erholt. Ich war aber erst so einigermaßen beruhigt, als er nach vier Wochen endlich aus dem Krankenhaus entlassen wurde.»

«Und? Lebt er noch?», will ich wissen.

Diesmal lächelt sie wirklich. «O ja, und ob. Inzwischen ist er fünfunddreißig und Gerichtsmediziner. Er hat geheiratet und mich schon zweimal zur Tante gemacht.»

Ich nicke nur, denn meine Gedanken überschlagen sich. Wenn ihr Bruder nicht gestorben ist, obwohl der Geist des Ritters das vorausgesagt hat, ist Vladimir vielleicht auch kein Vampir.

Aber warum hat er zusammengewachsene Augenbrauen? Warum wohnt er über einem uralten, verriegelten Eiskeller, und warum kippt er um, nur weil er Knoblauch gegessen hat?

Sie fährt fort: «Als ich mit meinem Studium anfing, wohnte ich neben einer sehr netten Psychologiestudentin. Irgendwann hab ich ihr von der Geschichte mit dem

Gläserrücken erzählt, von der Angst um meinen Bruder und auch von der Sache mit meinem Urgroßvater. Ich fürchte, irgendwo in meinem Hinterkopf hatte ich immer noch Angst, dass mein Bruder bald sterben könnte.»

«Und?», frage ich gespannt.

«Meine Nachbarin erklärte mir, dass das Glas gar nicht von einem Geist bewegt wird. Der leichte Druck der Finger reicht, um es über die glatte Tischplatte gleiten zu lassen. Was das Glas ‹schreibt›, wird vom Unterbewusstsein der so genannten Geisterbeschwörer bestimmt. Geheime Wünsche, versteckte Ängste, längst verschüttete Erinnerungen – all das äußert sich in dem, was das Glas ihnen mitteilt. Aber nie und nimmer ist es die Stimme eines Gespenstes.»

Mit gerunzelter Stirn schaue ich sie an. Soll ich ihr das nun glauben, oder erzählt sie es nur, um mich zu beruhigen?

Nein, sie würde mich nicht belügen, nicht in diesem Fall. Schließlich weiß sie gar nichts davon, was mir der Gläsergeist verkündet hat.

Doch jetzt fragt sie: «Wie hat sich euer Geist denn genannt?»

«Felicitas. *Prinzessin* Felicitas», antworte ich.

Sie nickt. «Also gut, euer Geist war eine Prinzessin, unserer war ein tapferer Ritter, übrigens der Vertraute eines Königs, der auf einer geheimen Mission ermordet worden war. Diese Prinzessin hatte doch bestimmt auch ein schlimmes Schicksal.»

Worauf will sie hinaus? Dass nur Leute, die unter schrecklichen Umständen gestorben sind, hinterher als Gespenster spuken?

Aber sie hat doch gerade erst erzählt, dass es die Geisterbeschwörer selbst sind, die das Glas bewegen und die bestimmen, was es ihnen mitteilt.

Wie auch immer, ich antworte wahrheitsgemäß: «Sie hat einen Bürgerlichen geliebt, und darum hat ihr Vater sie verflucht.»

Frau Einstein nimmt einen Schluck aus ihrer Kaffeetasse. «Also gut», meint sie dann. «Ein Ritter, der auf einer Mission für den König umgebracht wird. Eine Prinzessin, die spuken muss, weil sie den falschen Mann geliebt hat. Warum hat sich denn kein Bauer gemeldet, der an einer Blinddarmentzündung gestorben ist, oder eine ertrunkene Küchenmagd?»

Ich zucke die Achseln.

«Weil das leider nicht zu unseren romantischen Träumen passt», erklärt sie. «Das Glas legt ja unsere eigenen, geheimen Wünsche und Ängste offen. Und wer möchte nicht lieber mit einem tapferen Ritter oder einer schönen Prinzessin reden als mit einem armen Bauern oder einer schmutzigen Küchenmagd?»

«Okay», sage ich. «Bis dahin komm ich ja mit. Aber wie konnte Ihnen das Glas die Sache mit Ihrem Urgroßvater erzählen, wenn Sie selbst gar nichts darüber gewusst haben?»

Sie stellt ihre Kaffeetasse hin. «O doch, ich habe es gewusst. Das Unterbewusstsein speichert nämlich viele Sachen, an die wir uns nicht bewusst erinnern können, vor allem Dinge aus unserer frühen Kindheit. Und beim Gläserrücken kommen sie wieder ans Licht.» Nachdenklich fährt sie mit ihrer Fingerspitze um den Rand des Bechers. «Ich habe den Tod meines Urgroßvaters erlebt, aber ich war damals erst knapp drei Jahre alt. An das, was man als so kleines Kind mitbekommt, hat man später keine bewussten Erinnerungen mehr. Das Wissen ist aber trotzdem da, ganz tief in uns drin.»

Ich lege meine kalten Hände um die warme Kaffeetasse und denke nach.

Aha, die Sache mit dem Vampir hat also angeblich eine natürliche Erklärung. Bleibt immer noch die Frage: Warum hat ausgerechnet Vladimir zusammengewachsene Augenbrauen, und warum klappt er zusammen, wenn er Knoblauch isst?

Aber ich kann meiner Lehrerin doch unmöglich von ihm erzählen! Egal, was er ist oder nicht ist, ich darf ihn auf keinen Fall mit hineinziehen. «Was hätten Sie denn gemacht, wenn Ihnen der Geist … äh, ich meine das

Glas, vorausgesagt hätte, dass Ihre erste Liebe ein Vampir sein würde?», frage ich vorsichtig.

Frau Einstein hat gerade an ihrem Kaffee trinken wollen, doch stellt sie den Becher wieder ab. «Ich hätte panische Angst gekriegt», meint sie. «Und ich hätte versucht, allen Jungs aus dem Weg zu gehen. Wenn ich mich trotzdem verliebt hätte, hätte ich tausend Gründe gefunden, warum ausgerechnet mein Angebeteter ein Vampir sein könnte. Vielleicht weil er in einer alten Villa wohnt. Oder weil er ein totaler Nachtschwärmer ist oder eine blasse Hautfarbe hat oder eine Lichtallergie …»

Verdutzt falle ich ihr ins Wort. «Lichtallergie? Gibt's so was wirklich?»

«Aber ja», meint sie. «Die meisten Leute vertragen nur kein starkes Sonnenlicht, dann bekommen sie einen juckenden Ausschlag auf der Haut. Aber einige sind echt arm dran. Sie können nur noch im Halbdunkeln leben, denn sobald sie ins Licht gehen, bekommen sie tierische Schmerzen.»

Ausgerechnet jetzt klingelt die Schulglocke. Ich kriege einen Schrecken, denn ich hatte total die Zeit vergessen. Aber nun müssen wir unbedingt schnell zum Matheunterricht in meine Klasse!

«Schon so spät?», wundert sich auch Frau Einstein. Sie steht auf, räumt eilig unser Kaffeegeschirr weg und meint dabei: «Na gut, wenn du möchtest, können wir gern ein andermal weiterreden. Denk mal in Ruhe darüber nach, was ich dir erzählt habe. Wenn du noch Fragen hast, weißt du ja, wo du mich findest.»

Die folgende Stunde rauscht nur so an mir vorbei, ich glaub, ich kriege nicht einen einzigen Satz vollständig mit. Stattdessen denke ich die ganze Zeit über unser Gespräch nach.

Ist es denn wirklich möglich, dass der Vladimir gar kein Vampir ist? Aber das wäre ja wunderbar! Dann wäre ich der glücklichste Mensch in ganz Unterfranken!

Ich kann es gar nicht erwarten, mit meiner Clique darüber zu reden.

«*Das* hat sie dir erzählt?», fragt Luisa ungläubig. Es ist große Pause, und ich kann meinen Freundinnen endlich berichten, was ich eben erfahren habe.

«Ich hätte wirklich nie gedacht, dass sich ausgerechnet unsere Lehrerin für Physik und Mathe mal mit Gläserrücken abgegeben hat», meint Connie. «Bis eben hab ich fest geglaubt, die hätte schon mit beiden Beinen auf der Erde gestanden, bevor sie überhaupt laufen konnte.»

Auch Valerie schüttelt zweifelnd den Kopf. «Sie behauptet also, dass beim Gläserrücken kein Geist das Glas führt, sondern das Unterbewusstsein der Teilnehmer. Na, wenn sie *diese* Geschichte mal bloß nicht erfunden hat.»

«Wisst ihr, ich frag mich ja auch schon die ganze Zeit, warum unser Unterbewusstsein mich ausgerechnet mit einem Vampir verkuppeln wollte», erkläre ich zweifelnd.

Eine Weile starren wir nachdenklich vor uns hin, dann meint Luisa: «Du, vielleicht lag das an diesem unheimliche Sturm draußen. Wir waren halt einfach in der Stimmung für Gruselgeschichten.»

«Das könnte wirklich sein», stimmt ihr Valerie zu.

Aber Connie schüttelt den Kopf. «Also, allerspätestens, seit ich erfahren habe, was auf Olivers Party passiert ist, bin ich fest davon überzeugt, dass Vladimir ein Vampir ist. Felsenfest sogar.»

Valerie nickt. «Ich hab auch so meine Zweifel, ob Frau Einstein Recht hat.»

Eine Weile herrscht wieder nachdenkliche Stille. Dann meint Luisa entschlossen: «Okay, da gibt's nur eins: Bisher haben wir nur nach Gründen dafür gesucht, dass Vladimir ein Vampir *sein* könnte. Warum halten wir zur Abwechslung nicht mal Ausschau nach Gründen dafür, dass er vielleicht *keiner* ist?»

Connie nickt. «Gute Idee.» Sie kramt den Notizblock aus der Schultasche, zückt den Kuli und sieht in die Runde. «Ich höre.»

«Er hat ein Spiegelbild», erkläre ich.

«Spiegelbild», murmelt sie und fängt an zu kritzeln.

«Und er verträgt Tageslicht», fügt Valerie hinzu.

Connie schreibt weiter.

«Heee!», ruft Luisa aus. «Ist eigentlich irgendeiner von uns Schafsnasen aufgefallen, dass er in unserer Klasse direkt unter dem großen Schulkreuz sitzt?»

Verdutztes Schweigen.

«Scheint sich da pudelwohl zu fühlen», meint Valerie schließlich.

«Allerdings», bestätige ich erfreut.

«Sitzt im Unterricht unter Kreuz», brummelt Connie und notiert.

«Aber Vladimirs Zusammenbruch am Samstagabend, der war doch wirklich ein starkes Stück», wirft Luisa ein. «Und hat sein Vater der Laura nicht eindeutig erklärt, dass er nur zusammengeklappt ist, weil er keinen Knoblauch verträgt? Hat er nicht sogar gesagt, Vladimir hätte die ... die *Vampirkrankheit*?»

Ich nicke stumm.

«Fragt sich nur, ob es diese rätselhafte Krankheit wirklich gibt», überlegt Valerie. «Wenn jemand eine Lichtallergie kriegen kann, wie Frau Einstein sagt, dann gibt es doch vielleicht auch Leute, die keinen Knoblauch essen dürfen.»

Luisa schüttelt den Kopf. «Also, ich kann mir das nicht so recht vorstellen.»

«Außerdem kriegt man bei einer Allergie doch juckende Pusteln oder Erstickungsanfälle oder so was», ergänzt Connie. «Aber man kippt doch nicht einfach um.»

Meine allerbeste Freundin zuckt die Achseln. «Es gibt die tollsten Allergien, das kann ich dir sagen. Meine Cousine zum Beispiel, die ist allergisch gegen ihren eigenen Schweiß. Wenn die so richtig Sport treibt, ist sie hinterher krebsrot am ganzen Körper. Und die beste Freundin meiner Mutter …»

Valerie unterbricht sie. «Ich glaube, ich weiß, was wir machen können. Unser Nachbar ist Arzt. Ich kann ihn ja heute Nachmittag mal fragen, ob es so was wie eine Knoblauchallergie wirklich gibt, und wie sie sich auswirkt.»

«Das wäre ja prima!», rufe ich aus.

Connie kritzelt wieder wie wild. «Fragt sich nur: Können wir sonst noch was unternehmen, um Vladimir von dem Vampirverdacht reinzuwaschen … oder auch nicht?», überlegt sie dann laut.

«Also, dass er zusammengewachsene Augenbrauen hat, daran kommen wir nicht vorbei», meint Valerie schließlich. «Außerdem kommt er aus Siebenbürgen und heißt Vladimir, genau wie dieser schreckliche Vlad der Pfähler, das Vorbild für Graf Dracula.»

«Vladimir heißen da drüben mit Sicherheit viele Jungs», meint Luisa. «Wenn die alle Vampire wären … auweia!»

«Ich wüsste zu gerne, was in diesem verschlossenen Raum in Vladimirs Keller ist», murmelt Connie nachdenklich.

«Er hat erzählt, dass der Raum einsturzgefährdet sei», erinnere ich sie. «Sein Vater und der Architekt sollen doch von herunterfallenden Felsbrocken beinahe …»

«Moment mal», unterbricht mich meine allerbeste Freundin. «Du hast doch gesagt, dass das sogar in der Zeitung gestanden hat.»

Connie sitzt plötzlich kerzengerade. «In welcher Zeitung denn?»

«Im *Main-Echo*, vermutlich», sage ich.

«Wann?», will sie wissen.

«Keine Ahnung», muss ich leider zugeben. «Vladimir hat nur gesagt, dass der Unfall ungefähr ein Jahr her ist. Es wird also im Oktober oder November passiert sein.»

«Alles klar», erklärt Connie. «Meine Tante schreibt doch manchmal für das *Main-Echo*, darum hat sie auch Zugang zum Zeitungsarchiv. Ich brauche sie nur zu überreden, mal für mich nach dem Bericht über diesen Unfall zu suchen. Hmmm … Es wäre wohl noch besser, wenn ich selbst dort nachforsche. Bestimmt kann sie mir schon durch einen Anruf den Zutritt in das Archiv verschaffen. Dann gehe ich gleich heute Nachmittag.»

«Klasse!», jubele ich so laut, dass ein paar Schüler erschrocken zu uns herüberschauen. Aber das ist mir jetzt egal. Nun haben wir wirklich eine faire Chance, endlich Klarheit in diese schreckliche Sache zu bringen. Das ist doch wunderbar!

«Heute Nachmittag um fünf treffen wir uns im Eiscafé und besprechen, was wir herausgefunden haben», schlage ich leiser vor. Denn … nein, ich kann nicht bis morgen warten. Das schaffe ich auf gar keinen Fall!

In diesem Moment klingelt die Pausenglocke. Luisa wirft noch einen schnellen Blick in die Runde, und als Connie und Valerie nicken, meint sie: «Ist gebongt. Heute um fünf im *La Gondola.*»

Nervös nippe ich an meinem Kakao. Jetzt sitze ich schon seit einer geschlagenen halben Stunde in diesem blöden Eiscafé, und immer noch lässt sich keine von meinen Freundinnen blicken.

Na gut, es ist ja auch gerade erst fünf vor fünf. Aber ich hab's zu Hause einfach nicht mehr ausgehalten. Ich war so aufgeregt, dass ich nur ganz schnell irgendwie meine Hausaufgaben zusammengestückelt hab und schon um Viertel vor vier zum Bus gerannt bin.

Tja, und jetzt sitz ich hier dumm rum und warte.

Noch einmal werfe ich einen Blick auf die Uhr. Erst vier vor fünf! O Mann, ich halt's nicht mehr aus!

Da! Jemand rennt am großen Fenster des *La Gondola* vorbei, die Tür geht auf …

Es ist Luisa. Ob sie schon was von den anderen weiß?

Auf jeden Fall strahlt sie wie die Sonne persönlich. Das muss doch was zu bedeuten haben!

Eilig kommt sie an meinen Tisch.

«Und?» Mehr kriege ich nicht heraus.

Ihre Augen lächeln so breit wie ihr Mund. Sie lässt sich auf einen Stuhl sinken und erklärt in seligem Ton: «Stell dir vor: Eben hat mich Fußball-Jan gefragt, ob ich mit ihm am Freitag zur Halloween-Party auf die Burg gehen will. Mit Christiane hat er Schluss gemacht, definitiv. Ach, ist das nicht toll, ist das nicht einfach himmlisch?»

«Klasse, wirklich», sage ich und versuche, nicht allzu frustriert zu klingen. Normalerweise wäre ich ihr jetzt vor Freude um den Hals gefallen, aber momentan bin ich leider nicht in der Stimmung dazu.

Schon steuert die Bedienung auf uns zu, und Luisa bestellt sich ihren Lieblingsbecher: Krokant- und Mokkaeis mit Raffaelo-Haube. O Mann, wie kann die jetzt nur so was essen? Mir ist jedenfalls schlecht vor Aufregung.

Während mir Luisa überglücklich weiter von Fußball-Jan vorschwärmt, werfe ich noch einmal einen verzweifelten Blick auf die Uhr.

Schon fünf nach fünf, und immer noch weit und breit nichts von Valerie und Connie zu sehen! Also, wenn die beiden Schnepfen nicht bald hier auftauchen, krieg ich 'nen Anfall!

Da öffnet sich wieder die Tür, und hereinkommt ...

Valerie! Sie muss gerannt sein, denn sie keucht und hat knallrote Backen. Ist das nun ein gutes Zeichen, oder ist es ein schlechtes?

Schon ist sie bei uns, zieht sich schnell die Jacke aus, wirft sie über die Lehne des Stuhles rechts neben mir und sinkt auf den Sitz nieder.

«Und?», krächze ich heiser.

«Unser Nachbar ist natürlich ausgerechnet heute Mittag nicht zum Essen nach Hause gekommen», erklärt sie, und mir rutscht das Herz in die Hose. Aber sie fährt fort: «Da hab ich schnell meine Hausaufgaben gemacht und bin zu ihm in die Praxis gefahren. Er war total nett und hat mir alles genau erklärt und ...» Sie lehnt sich auf ihrem Stuhl zurück und sagt: «Ja, diese so genannte *Vampirkrankheit* – er sagt, im Volksmund heiße sie wirklich so! –, die gibt es wirklich. Eigentlich heißt sie Knoblauchunverträglichkeit, und eine richtige Allergie ist sie auch nicht. Die Sache ist eigentlich ganz einfach: Knoblauch erweitert bei jedem Menschen die Adern und senkt den Blutdruck, darum ist er eigentlich sehr gesund. Aber es gibt Leute, bei denen sinkt der Blutdruck ein bisschen zu sehr ab. Das heißt: Wenn diese Menschen viel Knoblauch essen, wird ihnen total schwindlig. Im allerschlimmsten Fall klappen sie sogar zusammen wie unser Vladimir am letzten Freitag.»

Jetzt kommt die Kellnerin, bringt Luisa ihren riesigen Krokantbecher und nimmt Valeries Bestellung auf. Darum hab ich Zeit, über die Erklärung des Mediziner-Nachbarn nachzudenken, und so langsam kommt auch mein wummerndes Herz wieder zur Ruhe.

Aber nur, bis die Kellnerin wieder geht. Dann sehe ich, dass hinter ihr Connie im Eilschritt auf uns zukommt. Da macht mein armes Herz einen erschrockenen Hüpfer und klopft schon wieder wie wild.

Die Bedienung ist noch nicht ganz verschwunden, da hält Connie neben uns an, zieht ein zusammengefaltetes Blatt Papier aus ihrer Jackentasche und legt es vor mir auf den Tisch.

«Lies!», keucht sie, zieht ihren Anorak aus, wirft ihn auf die Bank links von mir und setzt sich schnaufend daneben.

Mit zitternden Händen falte ich das Papier auseinander. Es ist die Kopie eines kurzen Artikels aus dem Lokalteil des *Main-Echo* vom 12. November des letzten Jahres.

Schwerer Unfall in altem Eiskeller, steht dort als Überschrift zu lesen. Dann folgt: *Klingenberg. Bei Untersuchungen in einem über 500 Jahre alten Eiskeller wurden der Grundstücksbesitzer und der Architekt von herabfallenden Gesteinsbrocken getroffen. Während sich der Architekt leicht verletzt befreien konnte, musste der Eigentümer des*

Kellers mit Knochenbrüchen ins Krankenhaus gebracht werden. Die Polizei mahnt alle Bürger zur Vorsicht, da man im Bereich des Klingenberger Burgfelsens noch weitere solcher alter, eventuell einsturzgefährdeter Keller vermutet.

Ich blicke auf und sehe in die erwartungsvollen Gesichter meiner Freundinnen.

«Und?» Diesmal ist es Luisa, die so fragt.

«Hier steht genau das, was mir Vladimir erzählt hat», erkläre ich und reiche die Kopie herum. Dann, fassungslos vor Freude und Erleichterung, sacke ich auf meinem Stuhl zusammen.

Als ich wieder aufblicke, unterhält sich Connie immer noch leise, aber aufgeregt mit Luisa und Valerie, die abwechselnd das Papier in ihre Hände nehmen und auf den Text schauen.

Die drei merken, dass ich wieder aufnahmefähig bin, und Luisa konstatiert: «Alles klar. Vladimir ist mit Sicherheit kein Vampir, und in diesem unheimlichen Keller stehen auch ganz bestimmt keine Särge. Denn selbst der toteste Untote hätte keine Lust, sich von Felsbrocken erschlagen zu lassen.»

Connie hat indessen ihren Notizblock herausgeholt und schreibt und schreibt. Doch dann stoppt sie, schüttelt ungläubig den Kopf und fragt Valerie: «Das mit Vladimirs Zusammenbruch, das hat also wirklich eine natürliche Erklärung?»

«Klar», bestätigt die. «Der arme Kerl ist *wirklich nur* total allergisch gegen Knoblauch.» Sie schweigt kurz und meint dann: «Eigentlich hätten wir da auch selbst draufkommen können. Normalerweise sollen Vampire ja vor Knoblauch Reißaus nehmen und nicht wegen Knoblauch in Ohnmacht fallen.»

Zerknirscht fügt Luisa hinzu: «Ich glaub, da hab ich dem armen Kerl wirklich was Schlimmes angetan mit meinen gefüllten Nudeln.»

«In bester Absicht», stellt Connie zu ihrer Entlastung fest.

Ich sage immer noch nichts, aber meine Gedanken rotieren, und langsam, ganz allmählich, scheint sich so etwas wie ein dunkler Nebel aus meinem Gehirn zu verziehen.

Die Voraussage stammt also wirklich nicht von dieser blöden Prinzessin Felicitas, sie ist tatsächlich nur ein Ausbund unserer Phantasie. Vladimir ist kein Vampir, ganz sicher nicht, und darum darf ich ihn endlich, endlich einfach nur lieb haben, im Licht und bei Dunkelheit und vor allem: ohne Angst! Ist das nicht wunderbar, himmlisch, phantastisch, superklassespitzenmäßig?

Am liebsten würde ich gleich zu *ihm* rennen, ihn in die Arme nehmen, ihn ganz fest drücken … und ihn küssen, zum ersten Mal richtig und entspannt, ganz ohne Panik im Nacken!

Jawohl, und genau das werde ich auch tun.

Aber erst nachher, wenn sich unsere traute Runde aufgelöst hat. Denn jetzt wird erst mal gefeiert!

Auch Luisa sieht glücklich aus. «Na, dann dürfen wir uns jetzt ja so richtig auf Halloween freuen», meint sie. «Ich hoffe doch, dass dein Vladimir dich fragen wird, ob du mit ihm auf die Burg kommst?»

Connie grinst. «Das will ich ihm aber dringend geraten haben.»

Jetzt kommt die Kellnerin und bringt meinen Freundinnen ihre Eisbecher. Ich nutze die Gelegenheit und bestelle mir meinen geliebten Kokosbecher mit Sahne und einer doppelten Portion Schokoladensoße obendrauf.

Endlich ist Halloween!

Es ist schon fast dunkel, als ich bei Luisa klingele, um mit ihr auf die Burg zu gehen. Ich hab mich als weiße Jungfrau verkleidet, mit einem langen, hellen Kleid, weiß gefärbten Haaren und bleich geschminkter Haut. Das sieht echt voll geisterhaft aus, finde ich.

Jetzt öffnet jemand die Tür, und mir klappt die Kinnlade herunter. Denn vor mir steht Luisa, mit schwarzem Hut, einem weiten dunklen Mantel und hohen Stiefeln. Sie ist wirklich die perfekte Kopie von Professor Van Helsing!

Natürlich stecken auch ein paar von diesen grässlichen

Holzpflöcken in ihrem Gürtel. Aber wenigstens hat sie auf den Hammer verzichtet.

Verlegen zuckt sie mit den Schultern. «Ich hatte mir halt schon letzte Woche die Van-Helsing-Klamotten besorgt, weil wir doch eigentlich … du weißt schon, die Vampirprobe und so weiter. Nachdem sich unsere Probleme aber … äh … in Luft aufgelöst hatten, hab ich versucht, noch irgendwo ein anderes Kostüm aufzutreiben. Leider war ich total pleite, und Taschengeld gab's erst heute Abend, da sind meine Eltern knallhart geblieben. Also hab ich unseren Dachboden auf den Kopf gestellt und den von meiner Großmutter noch dazu, leider ohne Erfolg. Ich hab Connie und Valerie nach Sachen gefragt und sogar versucht, Oliver anzupumpen. Aber in dessen Portemonnaie herrschte leider auch die totale Ebbe. Na, und da dachte ich, bevor ich gar keine Verkleidung hab …»

Souverän lächelnd erkläre ich: «Ist jetzt überhaupt kein Problem mehr, ehrlich.» Obwohl mir bei dem Gedanken an meinen letzten Albtraum immer noch die Haare zu Berge stehen.

Dennoch muss ich zugeben, dass Luisa echt klasse aussieht in ihrem wehenden Mantel und mit dem kess in die Stirn gezogenen dunklen Hut auf ihren langen blonden Haaren. Ihre braunen Augen blitzen unternehmungslustig, und sie wirkt wie eine echte Abenteurerin.

Vorsicht, lieber Fußball-Jan! Ich wette, heute Abend wirst du der Luisa endgültig ins Netz gehen!

Meine allerbeste Freundin ruft ihren Eltern schnell ein «Tschüs, bin weg!» zu und nimmt mich an der Hand. Mit schnellen Schritten gehen wir durch die engen Gassen der Klingenberger Altstadt und dann den kürzesten Weg über die engen, steilen Treppen den Berg hinauf, in Richtung Burg.

Je höher wir kommen, umso mehr Leute treffen wir. Manche grüßen uns fröhlich, doch oft können wir vor lauter Masken und Schminke und wilden Perücken nicht mal ahnen, wer uns da über den Weg läuft.

Oben auf der Burg tobt jedenfalls der Bär. Das ganze alte Gebäude erstrahlt im Licht unzähliger Fackeln und Scheinwerfer. Laute Musik schallt uns entgegen, ab und zu unterbrochen von einem grausigen Lachen oder einem verrückten Kreischen.

Endlich angekommen, drängen wir uns in einem Pulk von Menschen in den überfüllten Vorhof der mittelalterlichen Festung.

«Oje», seufzt Luisa. «Wie sollen wir denn hier bloß Jan und Vladimir finden?»

Langsam bahnen wir uns einen Weg durch die Menge. Dabei inspizieren wir jedes einigermaßen erkennbare Gesicht. Und wenigstens finden wir eine Bekannte, Horror-Lea nämlich. Verkleidet als Spinnenfrau, mit schwarzgrünem Umhang, extrem langen Fingernägeln und imitierten Spinnweben im Gesicht, dunklen Kleidern und grau gefärbten Haaren, schwebt sie uns regelrecht entgegen, und die Seligkeit über den ganzen Horror steht ihr ins Gesicht geschrieben. Jetzt sieht sie uns und ruft uns zu: «Hallo! Ist das nicht einfach suuuper hier?»

«Echt irre», stimmt ihr Luisa zu. «Du, wir suchen Fußball-Jan und Vladimir. Hast du sie gesehen?»

«Und ob», meint Lea. «Vor ein paar Minuten waren sie im Rittersaal. Vladimir sieht vielleicht klasse aus ...»

«Vielen Dank», rufe ich ihr zu, dann schieben wir uns so schnell wie möglich weiter in Richtung Saal.

Schummeriges Halbdunkel erwartet uns. In dem alten, mit einem Eisengitter versehenen Kamin brennt ein Feuer, ansonsten leuchten nur ein paar Kürbislampen in schwachem Orange. Bleiche Skelette, riesige Fledermäuse und anderes ekliges Getier hängen von der Decke. Wir gehen in den großen Raum mit seiner schweren, gewölbten Decke hinein, Luisa zuerst, ich hinterher. Dabei mustern wir jeden, dem wir entgegenkommen. Irgendwo müssen die beiden doch stecken!

Mein Blick schweift über einen Außerirdischen und einen total vernarbten Frankenstein, dann über einen wandelnden Kürbis und schließlich über ein grauhäutiges Gespenst, das mit heißer Inbrunst eine grünhaarige Hexe küsst.

Doch plötzlich …

Luisa stößt einen spitzen Schrei aus und bleibt so abrupt stehen, dass ich ihr ungebremst in den Rücken pralle.

Dann, nach dem ersten Schrecken, fängt sie schallend an zu lachen. Denn vor uns, inmitten seiner Fußballfreunde, steht *er*: mein Vladimir, groß und schlank und bleich wie der Tod. Seine langen dunklen Haare sind mit Gel gebändigt und aus der Stirn gekämmt, und seine über der Nase zusammengewachsenen Augenbrauen sind pechschwarz geschminkt. Er trägt schwarze Kleider, darüber einen ebenso dunklen Umhang und weiße Handschuhe an seinen Händen. Aus seinem Mund ragen zwei lange, scharfe Fangzähne, und im dämmrigen Zwielicht sieht es so aus, als wären ihre Spitzen voll von dunklem, rotem Blut.

Vielen Dank an Bernadette und Magdalena Schwab, Judith Buhleiner und Sabrina Fries, damals 15 und 18 Jahre alt, die gemeinsam mit mir die Idee zu dieser Geschichte entwickelt haben. Dankbar bin ich auch meinem Nachbarn Robert Deghi, der aus Siebenbürgen stammt und mir viel Interessantes über die Deutschen aus «Transsylvanien» erzählt hat.

Angela Waidmann (geboren 1965) schrieb schon in ihrer Grundschulzeit die ersten Gruselgeschichten. Klar, dass eines der Themen in ihrer Prüfung zum Magister der Geschichte «*Der Umgang des Menschen mit dem Tod*» lautete.

Heute lebt Angela Waidmann mit ihrem Mann und ihrem Sohn in einem Dorf in Unterfranken. Sie arbeitet unter anderem als Jugendbuch-Autorin – und schreibt immer noch am liebsten Gruselgeschichten.